AF456812

LA CARICIA *Prohibida* DEL VAMPIRO

A. R. CID

Diseño de portada por: A. R. Cid

Editor: A. R. Cid

Es hora de soñar.

Porque sin ellas, mis lectoras, nada de esto sería posible.

Mencionaré a algunas de esas personitas tan importantes para mí.

Un beso enorme a todos.

Mari Carmen Olaya Millana, Ana De La Cruz Peña, Maria Teresa De Jesus Piñon Esquivel, Mariangeles Caballero Medina, Cuchumaria Gs, Ana María Ortiz, Izaskun Maguregui, M Cristina B Perez, M Sol Zazo, Carme Castillo, Pepi Morales Serrano, Mercedes Toledo López, Olga LB, Susana Graña Ribelles, Elena Gaspar Alcalá, Eva Olivera Comitre, Encar Tessa, Toñi Jiménez Ruiz, Yazmin Morales Vázquez, Cristina Tapia Pérez, Manolita Gasalla Riera, Anna Fernández, Mary Rz Ga, Ana María Padilla Rodríguez, Mar Serrano del Cid, Ascension Sanchez Pelegrin, Ana Maria Ortiz, Tontería Las Justas, Gael Obrayan, Xiomara Caycho La Rosa, Manoli Romero Martínez, Rosario Esther Torcuato Benavente, Carmen Lorente Muñoz, Rosa Cortes, Silvia Sandoval, Pepi Ramirez Martinez, Becky Carstairs, Anys Felici, Teresa Sarralde Edo, Sonia Rodríguez, Angustias Hernandez, Anna Fernandez, Martina Dacosta Iglesias, Lily Freitas, Ana María Ortiz, Laly Romlla, María Teresa De Jesús Piñón Esquivel, David Álvarez Sánchez, Paqui Sarria, Sandra González Cabanillas, Sandry Illán, Maritza Buitron, Carolina Pedrero, Itziar Martínez López, Carmen Marin Varela, Ingrid Mason, Mari Carmen, Mónica Díaz, Victoria Alonso N, Mari Carmen Agüera Salazar,

Almudena Valera, Mai Del Valle, Mariola Serrano, Yesica Garzón, Noemi Casco, Patricia Muñoz Gimenez, Vanessa López Sarmiento, Leydis Sabala, Carolina Pérez, Karyna Campero Ramírez, Carmen L. Scott, María Li Chen, Laura García García, María Giraldo, Keila Otero, Evelyn Tabarez, Beatriz Mariscal, Cinthia Hdz, Mary Iglesias y Jenny Hugo Jenny Díez.

Índice

Prólogo

La ventana estaba abierta, aunque de estar cerrada no habría importado. Saltó con agilidad al interior de la habitación, paladeando el aroma de su presa, impregnado en todos y cada uno de los objetos del lugar.

Entrecerró los ojos y la localizó sin problema, tomándose su tiempo. Incluso se sentó en la silla que, apoyada contra la pared, le permitía observar la estancia al completo.

Ella estaba profundamente dormida, aunque se removía inquieta. Estiraba los brazos y estos acariciaban la suave sábana que la envolvía. La debilidad estaba marcada en el ligero temblor de su labio inferior, antes de que la pesadilla se tornase insoportable y un grito rasgase el aire. Se incorporó cubierta de sudor, pasándose las manos por un rostro sonrojado y triste.

Era un depredador y lo sabía. Deo disfrutó de saberse el vencedor antes incluso de moverse, odiándola con la misma intensidad con la que la deseaba. ¿Cómo no deshacerse de su mayor debilidad?

Saltó la enorme distancia que los separaba en un segundo, cayendo sobre el cuerpo de ella. Tapó su boca, disfrutó de cómo las pupilas femeninas se dilataron al intentar buscarlo en la oscuridad.

—¿Creías que no respondería a tu provocación? —ronroneó Deo, inclinándose sobre su diminuta humana con un hambre voraz. Poco importaba cuánto tratase de apartarse Chloe, el colchón no le permitió retroceder lo suficiente—. No, necesitabas que te encontrase. Me esperabas, puedo olerlo.

Pasó la nariz por el palpitante arco de su cuello, sonriendo, completamente embriagado por su olor.

»¿Tantas ganas tenías de morir?

—Debes ayudarme —tartamudeó Chloe, con la boca seca y el corazón desbocado.

—¿Debo? —La risa que lo sobresaltó procedía de su boca, grave, profunda, aterradoramente real—. ¿Por qué habría de hacerlo? Poco me importan los problemas de unas criaturas tan... deliciosamente perecederas.

Tragó la escasa saliva que permanecía en su boca. Chloe dejó de respirar, lo notaba presionándola con delicadeza, sosteniéndole las manos por encima de la cabeza. Una postura que debería aterrarla y, sin embargo...

—Pudiste matarme en el antro o dejarme morir en el callejón, pero no lo hiciste.

—No valías el esfuerzo.

—Mientes. —¿Quién era ella? Lo estaba retando e incluso osó alzar el mentón, una postura sumamente tentadora que lo invitaba a mordisquearla, clavar los dientes y probarla—. ¿No recuerdas lo que dijiste?

Sonrió, dejando al descubierto dos caninos extraordinariamente afilados.

—Refréscame la memoria... —ordenó él, fijando de tal forma los ojos en los de Chloe que, la opción de desobedecer, fue impensable. La necesidad de agradarle, de cumplir todas y cada una de sus peticiones, era demasiado fuerte. Su boca dejó de pertenecerle.

Esos labios traviesos suplicaban por atención. Deo era consciente en todo momento de la ardiente necesidad que provocaba en la joven y surcaba por su piel, incendiándola. Era suya en cuerpo y alma, hacía décadas que no usaba sus poderes en alguien, sin embargo, en esa ocasión no pudo evitarlo, o puede que no quisiera.

—Tú... —Chloe exhaló con fuerza, una parte de ella seguía peleando, aun sabiendo que solo estaba ganando tiempo—. Me ahogo...

—Dímelo y te sentirás mejor... —continuó presionándola, soltando la mano izquierda de la mujer que, sin percatarse, no se movió ni un ápice.

Pasó los dedos por el fino y caliente brazo femenino con auténtico deleite, disfrutando de esa piel traviesa que se erizaba a su paso.

—Tú dij... dijiste que... —Las palabras se atoraban en sus cuerdas vocales, la lengua le pesaba mucho y cerró los ojos en un intento de aclararse. ¿Cómo pensar cuando lo sentía descender hasta su cadera, cuando solo quería envolver la cintura masculina con las piernas para mantenerle ahí?— Que si osaban manchar de sangre tu territorio los degollarías y...

—¿Y?

—Sentí los dientes. El dolor… —Diminutas perlas saladas decoraron la frente de la joven—. El sueño me vencía y tu voz… Esa voz me impidió alejarme.

—¿Qué dije, preciosa? —inquirió Deo, sorprendido ante la fortaleza y determinación que ella demostraba. Tenía atrapada una mariposa entre las manos y temía apretar demasiado, lastimarla lo inquietaba de una forma que no era capaz de explicar.

—Me protegiste. —Sonrió débilmente, decidida a reproducir las palabras así fuera lo último que hiciera—. Ella está bajo mi protección. Es mía y como tal será tratada. —Lo miró intensamente—. ¿Soy tuya? —«Es más peligrosa de lo que creí posible». Perdido en los ojos negros de la muchacha se olvidó de su idea inicial, quizás la culpa fuese de ese toque necesitado y esperanzado, aunque muchas otras habrían dado todo lo que tenían por pertenecerle.

—Como todos los que habitan en mi ciudad.

La decepción cruzó por el rostro de Chloe, dando paso a la determinación.

—Entonces harás lo correcto.

—No he dicho que fuera una buena persona. Solo intento evitar una guerra que, por cierto, los tuyos perderían antes incluso de comenzar. –Recordaba tiempos oscuros en los que los humanos trataron de hacerles frente, muertes innecesarias y tragedias que, incluso él, había sentido—. No joderán lo que tengo aquí.

«Aléjate. Deja de tocarla», se dijo a sí mismo, sorprendido al comprobar que estaba aferrado a la firme nalga de Chloe. Aunque lo intentó, no esperaba que la mano libre de la joven por fin comprendiera que no tenía ninguna cadena que le impedía moverse y acabase en su cuello. Si bien habría sido sencillo liberarse, los finos dedos lograron disuadirlo.

—Haré lo que sea necesario. Si quieres mi sangre... —Giró el rostro hacia la izquierda, aceptando la muerte como el pago más justo. Una lágrima descendió por su mejilla, terminando sobre la almohada.

—¿Por qué arriesgarme por lo que podría tomar sin más? —preguntó Deo sobre su oreja—. Quizás todavía no comprendes el peligro al que te expones, el dolor, la oscuridad... Puede que sea mi deber mostrártelo.

Se aferró a tan estúpida excusa cuando clavó los dientes en su piel, rasgándola, atravesándola con facilidad. El cuello de Chloe expulsó un hilillo de sangre que terminó en una boca que la engulló con un hambre voraz.

Bebió durante dos minutos antes de comprender lo que estaba haciendo, de percatarse de que ella ya no opondría resistencia y, de continuar, de que no lo haría nunca.

Se alejó y la observó. Hermosa, delicada y humana... ¡Humana! ¿Acaso estaba loco?

«¡Vete! ¡No la toques! ¡No lo pienses!», pero lo estaba haciendo. «Quizás... Ella no tiene por qué traicionarme. ¡No se lo permitiré!» Los odió a ambos, antes incluso de tomar la decisión. ¿Por qué no desaparecer? Habría sido sencillo, ¿qué eran para él sesenta años? Cuando se percatase, Chloe ya yacería bajo tierra y la ciudad volvería a ser un lugar en el que podía reinar. Sin embargo, no quería alejarse. Ella estaba ahí y él no encontraba otro sitio en el que le gustaría descansar.

Rugió fuera de sí. Tanta fue la necesidad de poner distancia que, al saltar, acabó chocando con la espalda contra el techo. Notaba sus músculos a punto de explotar, golpeó la pared con el puño y la atravesó, una y otra vez. Pronto el lugar sería un montón de escombros.

«Ella así lo quiso. Ahora habrá de vivir con su deseo». No obstante, mientras regresaba y tomaba el liviano cuerpo entre sus brazos, supo que los estaba condenando a los dos. Se la echó sobre el hombro y corrió como nunca antes. Dejó que el miedo que lo asaltaba, el terror a ser esclavizado por una criatura tan efímera como peligrosa.

«Sabrá cuál es su lugar. Yo se lo mostraré».

Capítulo 1

Tras dos horas de interminable cola por fin lograron entrar. Chloe todavía no se lo creía y, mientras Marta se acercaba a la barra a pedir algo de beber, sonrió satisfecha. Era uno de esos antros exclusivos que estaban de moda. Las luces apenas iluminaban la estancia y la música era una sucesión interminable de canciones pegadizas que parecían internarse bajo la piel sin remedio.

Chloe meció las caderas desperezándose, notando cómo sus músculos despertaban. Alzó los brazos y cerró los ojos, la oscuridad la hacía poderosa, enterrando los miedos o vergüenza que, de otra forma, la convertía en el patito feo.

Alguien rozó su hombro, sorprendida, alzó los párpados para toparse con una sonriente Marta que le tendió su preciado Vodca Negro con Red Bull.

—¿Los has visto? —aulló su amiga, tan cerca como pudo de ella, dejándose la garganta mientras, con los ojos, devoraba a varios de los hombres de la sala—. Creo que los han raptado de alguna pasarela. Estoy ansiosa por quitar un par de pantalones.

Chloe se rio feliz, dejando de lado los problemas y la semana tan jodida que había pasado. Durante un segundo volvió a centrarse en la pieza, antes de que Marta pusiera los ojos sobre uno de ellos en concreto y la arrastrase tras la presa.

»¡Joder! ¡Me ha mirado! —exclamó la pelirroja, nerviosa como pocas veces. Marta no era tímida precisamente y, sin embargo, tras ser inspeccionada por unos iris grises que la atravesaron, apenas lograba mantenerse en pie. De no ser por la pared que, a tan solo unos centímetros paró la caída, habría hecho un ridículo espantoso.

—Tenemos tiempo. Relájate y disfruta —casi suplicó Chloe, harta de los hombres y sus complejos. No quería tener que escuchar un 'es la primera vez que me pasa' o 'dame un par de minutos y lo intentamos de nuevo'.

—Tienes razón —asintió Marta, abrazando el cuerpo de Chloe y aferrándose a ella. Se miraron y lo comprendieron, tras tantos años no precisaban palabras para entenderse.

Se convirtieron en las dueñas del lugar, la pista de baile pronto se despejó y les dejó espacio. Chloe se mecía cual serpiente, Marta prefería dejarse llevar sin complejos ni coordinación y, lo que pensase el resto, no era problema de las dos amigas.

Estaban en plena representación teatral, mientras la cantante aseguraba haber olvidado a su querido y se dejaba la garganta en ello, cuando el silencio se impuso. Las luces se encendieron y las dos humanas buscaron el motivo.

Dos hombres, de rostros perfectos y cuerpos de infarto, se peleaban enfurecidos. Uno de ellos era el mismo por el que Marta se interesó. El rubio se inclinó peligrosamente, usando sus grises ojos para retar a su contrincante.

—¡Fuera de aquí! —exigió el otro con voz potente. Casi pareciera que le habían colocado un micrófono ante la boca, los azules iris de Deo brillaron peligrosamente.

—Estás ciego. Eres demasiado viejo para comprender que el mundo ha cambiado. ¡Nos pertenece! ¿Crees que podrás detenernos?

—He visto a muchos como tú antes... —aseguró Deo, deslizándose hacia la derecha—. Y seguiré aquí mucho después de que hayas partido.

Varios hombres rodearon a Deo, por sus posturas estaban listos para pelear y Simón fue consciente. No era el momento. Se giró, listo para retirarse, y la miró. Marta era perfecta, tal y como a él le gustaban. Le sonrió con ese desparpajo que lo caracterizaba, necesitando dejar claro que no se amedrentaba ante nadie.

Atravesó el lugar y se plantó ante la pelirroja. Simón tampoco estaba solo y tres mujeres se movieron, desde distintos puntos del local.

—¿Me acompañas? —inquirió Simón con un tono sumamente suave. Marta parpadeó sin voz, jadeante como pocas veces y tan ansiosa que olvidó incluso dónde se encontraba. Asintió como loca.

Chloe notó un escalofrío recorrerle la columna. Agarró el brazo de su amiga y tiró hacia atrás sin lograr moverla.

»Esta noche será inolvidable... —declaró de nuevo el rubio, pasándose la lengua por los labios. Volvió el rostro hacia Deo, la contención del anciano inmortal era evidente.

—Si vas demasiado lejos... —A pesar de la distancia, Chloe lo escuchó como si estuviera a su vera. La voz de Deo se le metía bajo la piel y la hacía decantarse por su bando, sin motivos, sin necesidad de argumentos con los que defenderle.

—Preciosa, ¿nos vamos? —Simón le ofreció el brazo con galantería.

—No, no lo hagas. Es tarde. Mejor volvamos a casa y... —la voz de Chloe era un eco lejano en la mente de Marta. No, a ella solo llegaban las sinuosas órdenes de Simón y nunca tuvo una oportunidad real de negarse. Tiró del agarre de Chloe hasta que esta tuvo que dejarla marchar.

«Es adulta. Sabe lo que está haciendo». No obstante, algo en su vientre le aseguraba que no era cierto. Era su instinto el que gritaba, ese miedo primitivo que, antaño, tantas vidas salvó. Chloe quería hacerle caso, mas se quedó quieta observando cómo su amiga se alejaba con un desconocido. La sensación de que no volvería a verla crecía a cada uno de los pasos que Marta daba, dejó caer la copa sin pensar en los cristales que cubrieron el suelo.

La puerta se había cerrado y la música se reanudó. En trance, Chloe trató de llegar a los lavabos, necesitaba pensar. Sus tacones hicieron crujir los restos de la copa bajo la suela de sus zapatos, su mente estaba lejos y sus negros ojos, medio adormecidos, recorrieron la distancia que la separaba de Deo.

Lo miró buscando ayuda, a alguien que comprendiera la inquietud que la atravesaba. De nuevo, no poseía argumentos y, sin embargo, creyó percibir en el rostro masculino cierto desasosiego.

Llegó hasta el lavabo sin comprender lo que había sucedido. Fue desolador asumir que Marta ni siquiera la miró antes de irse, era ella y, sin embargo, no la conocía. Los lazos que las unían eran fuertes y necesitaba encontrarla, no por ello pudo dar el primer paso y salir de aquel sitio.

¿Tenía miedo? ¿Era posible?

Se aferró al lavabo y el auténtico pavor estalló en forma de gemidos contenidos, guturales, desgarradores. Se fue dejando caer, acabando de rodillas, sin llegar a soltar el mármol que reposaba antes sus ojos.

«Ha ligado. Mañana me llamará y me contará, feliz, cómo ha sido el encuentro». Necesitaba creerlo, era lo más posible.

Elevó la mirada hacia el reflejo del espejo, se puso en pie decidida. Estiró la espalda y creció varios centímetros, recomponiendo su figura antes de salir de tan pequeño escondite. Aspiró con fuerza al pasar al lado de Deo, notando el roce de esa mano traviesa en su brazo en cada fibra de su ser. Una caricia involuntaria, al menos para ella así fue.

Lo miró con los labios entreabiertos, deteniéndose a menos de un metro de distancia, soltando mucho más con los ojos de lo que era capaz de verbalizar.

Pasaron dos minutos enteros antes de que menease la cabeza y decidiera volver a su casa. Alejó tan estúpidas sensaciones, achacando la extraña velada al alcohol ingerido. Satisfecha por fin con la respuesta que su cerebro encontró, llegó hasta la entrada, pero no pudo traspasarla sin volver el rostro y echar un último vistazo a un hombre que también la había seguido con los ojos.

Chloe bajó el rostro y disfrutó el gélido viento que azotó su rostro. El aire invernal fue la mejor de las medicinas, llevándola a acelerar los pasos, como si llegar a su pequeño piso fuera lo mejor que podía sucederle.

—Vigiladla —ordenó Deo, sin necesidad de dar nombres— y encontrad a Simón antes de que tenga que dar demasiadas explicaciones. No quiero que la pelirroja se acuerde de nada.

Pues, antes de que pudieran dar con ella, esa humana iba a sufrir mucho. Al menos no moriría, no si el anciano de ojos azules y finos labios, podía evitarlo. Tras quinientos años, Deo seguía sin comprender a los neonatos, una joven de castaños cabellos se aproximó y él estiró la mano. La sed lo quemaba por dentro y, sin embargo, bebió de su cuello casi con apatía. El sabor era... ¿insípido?

Tomó lo mínimo y necesario antes de apartarla. Acarició la fina mejilla y besó sus labios a modo de regalo.

»Querida, ahora disfrutarás con Denisse. Ella te compensará por mi inaceptable forma de proceder —le indicó Deo.

La joven asintió y se dejó guiar. El placer que la recorría era adictivo y ansiaba obtener mucho más. Cada vez que una de esas criaturas le perforaba la piel un tirón en su entrepierna la despertaba, como si antes estuviera dormida y no lo comprendiera. Mas cuando bebían... el cielo se abría con vida propia bajo sus pies.

—Ven conmigo... —Denisse le agradeció tan hermoso presente, admirando el cuerpo de la humana—. La noche nos pertenece.

Antes de probar su sangre, saboreó su boca. Denisse se hizo con el control, aferrando la nuca de la morena para que no retrocediera ante el embiste. Jugó con la lengua, pinchándola un par de veces y riendo sobre los hinchados labios otras tantas.

—Yo mismo me encargaré de ella... —susurró Deo, más para sí mismo que para su gente.

No era a Marta a quien tenía en mente, sino una mirada peligrosa y despierta que, sin miedo, exigía respuestas.

Llegó a la calle, Deo saltó hasta uno de los balcones y la

buscó, ella corría a pequeños saltitos, tratando de mantener un precario equilibrio sobre los tacones.

—Hermano, ¿he de preocuparme? —Ania estaba ahí, ¿desde cuándo? Deo ya no se preocupaba de semejantes tonterías.

—Lo tengo bajo control.

—¿Eso crees? —Ania posó la mano sobre la barandilla y se sentó a continuación. Jugó a mecerse, a retar a la gravedad, que no lograba vencerla—. Han reportado múltiples desapariciones en el área. Además de un incremento sospechoso de defunciones.

—Lo sé.

—Hay quien piensa que has esperado demasiado —canturreó su hermana, oteándolo de reojo, estudiando los imperceptibles gestos de Deo.

—¿De veras? —A gran velocidad la mano de Deo se cerró en el cuello de Ania—. ¿Quién crees que está tras tan asquerosos rumores?

—Hermano, debes comprenderme. Estoy aburrida e insistes en apartarme del mundo. ¿Qué otra diversión podría encontrar?

—Tienes cuanto necesitas y deseas —replicó él secamente.

—¿Eso crees? —Ania golpeó el mentón cuadrado haciéndolo retroceder—. Deseo que sufra, querido hermanito. Quiero que sufra como yo lo hago y me impides vengarme.

Cansada de llorar, de esa pena que la ahogaba, dejó que el aire meciera sus pestañas y ocultase unas lágrimas que contuvo. Los azules ojos de Ania, tan parecidos a los de Deo, se volvieron blancos.

—Empezaríamos una guerra.

—¡¿Y qué?! —rugió de pronto, poniéndose en pie sobre la barandilla y dando varios pasos. A pesar de llevar como única prenda un minúsculo vestido no sentía frío, sus pies apenas rozaban el metal.

—Ten paciencia. Te prometí que encontraría la forma.

—¡¿Cuándo?! ¿Acaso doce años no fueron suficientes? ¿Cuánto tiempo debo esperar a que hagas lo correcto? —La acusación estaba ahí, solo que no era capaz de ir más lejos. Lo amaba, puede que fuera el único lazo real que todavía conservaba. La eternidad era mucho tiempo, sobre todo con el corazón hecho pedazos. Nada quedaba de la joven que antaño fue. La peligrosa mujer que lo retaba estaba dispuesta a todo por mojar sus manos en la sangre de su enemigo.

—Muchos dependen de nosotros.

—¿Tus preciados humanos? ¿Qué han hecho ellos más que tratar de matarnos? ¡Tus humanos! —Quiso reír, solo un graznido salió de su boca. La decepción la ahogaba, le quitaba la voz—. No merecen tu cariño y lo sabes. Volverán a traicionarnos y tú vas a permitirlo.

—No es cierto.

—Esta vez no me haré a un lado. Hermano, haré lo que sea necesario para mantener a los nuestros a salvo. Tendré mi venganza, así seas tú el que deba caer —aseguró, antes de deslizarse y aterrizar en la acera cual fantasma.

Capítulo 2

Era una mansión enorme, llena de cuadros y esculturas que nada significaban para él. Ante la chimenea, se preguntaba por qué seguía encendiéndola, observando el fuego crepitar, consciente de que era una de las pocas cosas que lo convertían en mortal.

Bebió otro trago de la copa que mecía entre los dedos queriendo emborracharse, incapaz de lograrlo. Sus ojos se perdieron en esas lenguas de fuego que lo devolvieron a una época pasada, aunque no muy diferente.

«Todavía puedo sentirlo...» El dolor agónico, cómo la piel se desprendía de su cuerpo, explotando en ocasiones. Los gritos de júbilo a su alrededor y solo un llanto quedo a lo lejos. El sol lo cegaba, o puede que fuera culpa del humo que lo rodeaba.

La ira lo hizo lanzar la copa, apretando el reposabrazos después.

«Los despedazaría de nuevo. Si pudiera volver a entonces no dejaría a nadie con vida». Lo que para otros era compasión a él se le antojaba debilidad.

—Dijiste amarme... —Su voz, era su voz. El recuerdo de su rostro, de esa enorme sonrisa que le hizo creer que era posible. Briguitte estaba ahí, de pie, acusándolo como un fantasma más. De entre todos los que perecieron en sus manos ella era la única que se empeñaba en regresar—. ¿No puedes mirar lo que me hiciste?

Deo giró el rostro y apretó los ojos. No, no estaba preparado.

La puerta se abrió y Denisse lo acompañó sin preguntar. Esperó pacientemente más de media hora hasta que su señor reconoció su presencia.

—No te esperaba. No todavía.

—No quería forzar demasiado la resistencia de esa humana —replicó Denisse secamente. Con andar seguro, casi arrogante, fue hacia la mesa y se preparó su propia copa—. ¿No lo sabes?

—Esperaremos al amanecer —dijo Deo quedamente, notando los años recorriendo sus huesos, una falsa debilidad que lo redujo a un cuerpo sin vida ante la chimenea. Congelado, carente de cualquier tipo de emoción.

—Debes actuar.

—Lo sé.

—Todos te seguirán. Yo misma me encargaré de Simón si me lo pides. —Denisse apretó los dientes, ella debería haberse percatado del doble juego que el cabrón se traía entre manos.

Deo asintió una sola vez, suficiente para ambos. Esperó hasta que Denisse se hubo retirado para volver a martirizarse pues, solo al recordar los errores cometidos, se podía aprender algo. Si de vivos las emociones eran intensas, una vez la muerte los besaba, se intensificaban de tal manera que eran las únicas capaces de destrozarlos.

Si Deo creyó estar enamorado, todavía lo sentía. Incluso sabiendo que ella lo odió con cada fibra de su alma, detestando cada noche compartida, cada beso o caricia.

Tan pronto la oscuridad caía, Briguitte abría la puerta y descorría las cortinas. El vestido celeste era su preferido y casi siempre el escogido, un tono que daba vida a unos hermoso e inmensos ojos verdes.

La adoraba, la antepuso al resto del mundo, refugiándose en sus brazos. Lo que ella no comprendía era que él no podía ser de nadie, que llegaría el día en que tendría que dejarlo marchar, solo que nunca creyó que llegaría tan pronto.

—¿Es cierto? —Era la tercera vez que se lo preguntaba y la tercera vez que Deo cambiaba de tema. Podía obligarla a olvidar, borrar de su mente todo lo que considerase peligroso, molesto incluso, mas, ¿cómo hacerle eso a quien tanto respetaba?

—Debes comprenderlo.

—¡¿Qué?! ¡Era mi familia! —Supo el instante exacto en el que la perdió, solo que era demasiado débil para reconocerlo. Briguitte no le temía, no retrocedió al verlo correr hacia ella—. Eres un monstruo.

—Lo haría de nuevo... Una y mil veces. Disfruté con sus gritos, con su dolor.

Pues, incluso amándola, los odiaba mucho más. Ese grupo de hombres y mujeres, disque personas honradas y piadosas, se quedaron mirando mientras lo convertían en un pedazo de carne carbonizada. ¿Ahora debía sentirse mal por vengarse?

Lo condenaron a morir sin dignarse a preguntarle si era culpable de lo que se le acusaba. Era mas sencillo deshacerse del huérfano piojoso que cuestionar la palabra de la hija del jefe del pueblo. ¡Jamás habría tan bajo! La idea de forzar a una mujer le repugnaba.

Trató de aferrar el delicado rostro femenino, de besarla. Briguitte luchó y él no midió la fuerza. Se odió al ver el hililo de sangre descender por el mentón femenino, suplicó perdón, la joven no deseaba escucharlo.

—Lo pagarás. Todos tenemos un infierno, recuerda mis palabras.

No la creía capaz de ser cruel, ni de alzar la mano contra nadie. Dulce, sonriente, amable, de pronto comprendió que solo había visto lo que deseaba, o necesitaba, para aferrarse a sus besos y abrazos. Se consoló como un tonto, lamiéndose las heridas en el proceso.

Ella era capaz de mucho más de lo que Deo nunca creyó posible, digna hija de sus torturadores.

Echó otro tronco a la chimenea. Estiró la mano y tomó el teléfono, en cuyo interior lo aguardaba un mensaje que lo obligaba a tomar partido.

La chica ha desaparecido, mas, por la cantidad de sangre hallada, o está muerta o la ha convertido. Seguiremos rastreándolo, pero creemos que ya no está en la ciudad.

¿Cómo fingir que era una muerte accidental si los vio partir juntos?

Marcó su número y esperó. Dos tonos y le colgaron.

—Hermanito, te estaba esperando. —Ania entró triunfal en la estancia. Tras una pirueta, aterrizó en la alfombra y dejó caer el culo sobre ella—. Llevo en la entrada una hora. Creí que no te decidirías nunca.

—¿Qué sabes?

—¿Ahora te interesa mi ayuda? —Alzó las manos un segundo después, ante la mirada fría y carente de emociones de Deo—. Eh, tranquilo. Soy solo la mensajera. Simón está convenciendo a muchos ancianos y, a los que no logra seducir con más poder o dinero, los elimina. Mucho me temo que tus ideales te han puesto en el punto de mira.

—¿Por qué te interesa a ti?

Se dejó caer de espalda. Colocó las manos tras la cabeza y recapacitó con cuidado su respuesta. Ania no cambió ninguna de las palabras que acudieron a su mente tan pronto Deo lanzó la pregunta.

—Él está detrás. Por algún motivo convirtió a Simón y quiero conocer las razones. —Volvió a sentarse de un salto—. También terminaré lo que empezó entonces. Debí haber quemado sus restos.

—Lo amabas —soltó Deo, comprendiéndola como pocos.

—Justo por eso, porque lo amaba. Ahora me culpo de todas sus atrocidades, de todo el mal causado. ¿Cómo vivir con las consecuencias? Debo ser yo. —Pocas veces se quedaba seria, cuando lo hacía daba miedo. Pareciera que sus ojos eran capaces de ver en la inmensidad, leer en el alma de quienes la rodeaban.

No obstante, en Alonzo falló. Lo deseaba con tal intensidad que no vio lo que tenía ante los ojos, usándola una y otra vez para esconder sus tropelías.

»Ambos estuvimos allí. ¿Lo recuerdas? Fuimos las víctimas de hombres despiadados y mujeres cobardes. —Lo miró con una sonrisa en los labios, allí pegada, carente de vida. En lugar de alegría mostraba una determinación aterradora, un odio arraigado en su corazón con tanta fuerza que la destrozaba también a ella—. Permití que un monstruo se hiciera más poderoso, ahora lo destronaré.

—Temo que esté haciendo todo esto por ti, por tu negativa a acompañarle. Es su obsesión por ti la que me ha impedido mover ficha. Estarás en medio del fuego cruzado y ya tendrá una excusa tras la que guarecerse.

—Hermano, —Ania gateó hasta los pies del frío e inalcanzable Deo. Abrazó sus piernas y apoyó la cabeza en el regazo, entornando los ojos al sentir los dedos de Deo en su pelo, dejando firmes caricias—. ¿acaso olvidaste quién te recogió cuando todos te creían muerto? Tomé los pedazos humeantes de lo único que me quedaba y te mantuve con vida. Tardé todo un día, pero encontré la manera de mantenerte a mi lado.

—¿A qué precio?

Se tensó un segundo, pues también ella se hizo esa pregunta en innumerables ocasiones.

»Tú mismo aceptaste. Lo diste todo por poder regresar —le recordó sin compasión.

—No pensaba en el mañana y temo que tú no lo hagas ahora. El odio es un mal consejero. —¿Tomaría otra decisión de tener la posibilidad de regresar al pasado? Probablemente no, el dolor que ese día sintió todavía lo atormentaba, solo con pensar en ello cerraba las manos, listo para embestir. No obstante, el verdadero motivo que le hizo decantarse a regresar seguía siendo un secreto para su hermana.

—Estarás ahí para protegerme las espaldas. No me dejarás sola —aseveró Ania con confianza, asumiendo el riesgo, gustosa. Tras una larga vida no quería tener nada de lo que arrepentirse cuando tuviera que despedirse y, desde luego, todavía quedaba mucho para entonces.

«Lo encontraré antes de que corras algún riesgo, pequeña. No dejaré que vuelva a hacerte daño», pensó Deo, arropándola como cuando eran niños y se guarecían en brazos del otro. Tras más de quinientos años podían recordar a la perfección el frío lamiéndoles el cuerpo, la humedad traspasando la ropa e internándose en sus pulmones al respirar, el fango impregnándolo todo. Hubo días en los que eran peores que bestias, donde el hambre los extenuaba más allá de lo humanamente posible.

Sí, ambos eran fuertes y lucharían sin miedo.

Capítulo 3

La mañana llegó y tres días pasaron sin noticias. Chloe miró el móvil una vez más, apretándolo más tarde entre los dedos. Desesperada se acercó al balcón y abrió las puertas, sin preocuparse por el frío que la recibió y envolvió.

«No debiste ir, pero te encontraré. Haré lo que sea necesario».

Antes de denunciar la posible desaparición, decidió rastrear su dispositivo, del cual, por precaución, tenía la contraseña. Regresó al salón y encendió el portátil, las dudas que se habían desvanecido con el pasar de los días, regresaron de golpe. «¿Y si se está divirtiendo y no quiere que la encuentre?», ¿Tan malo sería descubrirla en pelotas montando al rubio? Incluso podrían reírse juntas de lo sucedido, se dijo.

Entró en la aplicación y, con dedos temblorosos, decidió que no le quedaba otra opción. «Me habría avisado. De estar bien contestaría mis llamadas».

Activó el GPS remoto y tembló ante el miedo de que alguien hubiera apagado el teléfono. Los diez segundos que tardó en aparecer el puntito en la pantalla el corazón de ella se detuvo, cada latido era un enorme esfuerzo, que creaba una dolorosa sensación en su garganta.

—¡Te encontré! —Antes de pensar en lo que hacía ya corría con las zapatillas en una mano y el abrigo en la otra. ¿Qué importaba su pelo revuelto o sus profundas ojeras? Pasó la información a su propio teléfono y cogió las llaves, dando un portazo tras ella.

Era una de esas calles pequeñas y poco iluminadas de la ciudad. Un callejón sin salida en el que todos aparcaban y pocos se quedaban el tiempo suficiente.

Tomó el primer autobús que iba en esa dirección. El conductor era un hombre inmenso de mirada tranquila que, como siempre, se tomaba su tiempo en cada parada, conversando con cuantos se ponían a su alcance. La paciencia de Chloe se agotó antes de llegar a la calle indicada, haciendo que saltase enfebrecida tan pronto los frenos del vehículo chirriaron. Sin embargo, cuando ya solo quedaban seiscientos metros para llegar, sus pasos se ralentizaron.

Buscó las llaves de su piso en el bolsillo y las aferró en la mano. Dispuesta a todo, temiendo que, de tener que defenderse, de poco servirían, si no se quedaba bloqueada...

«No la dejaré sola», se recordó, infundiéndose fuerzas.

Llegó al bloque y alzó los ojos. Solo una de las viviendas parecía estar habitada, el resto era una sucesión interminable de ventanas rotas o tapiadas, en tan mal estado que le asombraba que todavía siguieran en pie. ¿Cómo imaginar a su tiquismiquis amiga ahí? No, si llegaba a ver una cucaracha pondría el grito en el cielo, probablemente la mataría de un ataque al corazón.

No llamaría al timbre, por algún motivo que no fue capaz de precisar, no estaba dispuesta a alentar al rubio. Simón se enfrentaría a ella cara a cara, para que no tuviera oportunidad de mentirle.

Llegó al segundo piso corriendo y se detuvo, con la respiración entrecortada golpeó la puerta, dejándose en ella la piel de los nudillos. Esperó, agudizó el oído y solo el silencio le respondió. No se iría, permanecería allí hasta que alguien la recibiera.

Comenzó a golpear ese trozo de madera que había visto tiempos mejores, una y otra vez, ganando intensidad hasta que también varias patadas impactaron contra él. El ruido no cambió nada, fue la puerta que, de pronto, cedió a lo que pasaron ser embestidas. Dejó abierto un pasaje a la cueva del dragón, un lugar apenas iluminado que olía a muerte y devastación.

Se imaginó asesinatos y violaciones, se preparó para lo peor que su cerebro fue capaz de crear. Dio varios pasos y retrocedió después, incapaz de atravesar del recibidor. Precisó tres intentos para llegar al salón y dos más para acceder al primero de los dormitorios.

«No es de ella. No ha estado aquí. Tiene que ser un error. Esa aplicación está equivocada...». Los ojos negros de Chloe volaron de la alfombra ennegrecida a la pared, donde las salpicaduras ascendían hasta una altura considerable. «No es de ella. Marta está bien».

Se tapó la boca, contuvo el grito ahogado que pugnaba por

salir. Las lágrimas estaban pendiendo de sus pestañas cuando dio el primer paso en dirección a una de las escenas más macabras que alguien podría crear.

«No... No es posible».

Mas allí estaba, buscando el dichoso teléfono y puede que, oculto tras algún mueble carcomido por las termitas, el hermoso cuerpo de su amiga. Suplicaba errar, siendo horriblemente cruel al preferir a cualquier otra en su lugar.

Lo encontró bajo una silla, en realidad halló el bolso al completo. Lo tomó y buscó, esperando no encontrar nada. Se percató de que había un wasap a medio escribir y, por supuesto, sin enviar. Era para ella, ¿a quién más podría pedirle auxilio?

Estoy en un lío. Búscame, por favor...

Tardó demasiado. Era su culpa, solo suya.

Se dejó caer de rodillas, notando la humedad impregnar su pantalón. Sus ojos desorbitados encontraron la mancha rojiza y comenzó a tratar de borrarla con las manos, enloqueciendo al comprobar que no hacía más que extenderse.

Sus pantalones, sus manos y ahora su mejilla. Buscó el baño y se lavó como mejor pudo, debía llamar a la policía. Miró la pantalla y jadeó. Ahora comprendía porqué no recibió el mensaje, no había cobertura.

La noche pronto cubriría el lugar, la oscuridad se convirtió en un enemigo más a evitar, temiendo que Simón regresase en cualquier momento. Chloe descendió los dos pisos a la carrera, a punto de rodar escaleras abajo.

Tenía el teléfono en las manos, ya solo debía darle al botón de llamar. Alguien rozó su hombro, del susto el aparato resbaló de sus manos y aterrizó a varios metros. Se volvió queriendo aparentar normalidad, perdiendo el poco color que, tras el sprint, recuperó.

—¿Te gustó lo que viste? —preguntó una joven morena, señalando el edificio con una larga uña lacada en negro— No es su mejor trabajo.

—¡Dina! Acabemos con ella cuanto antes. Debemos limpiar, no dejar ningún testigo —le recordó una rubia bajita desde el portal que acababa de dejar.

Chloe retrocedió, planteándose la opción de correr, la risa de Dina la estremeció con fuerza.

«Puedo con ellas. Solo son dos y...»

—Mira su rostro. Va a ser divertido —comentó Dina, ofreciendo una sonrisa peligrosa a la joven. Los caninos destacaron entre el resto, una cruel broma para Chloe.

«Es imposible. Parecen reales», pensó Chloe a toda velocidad. Buscó las llaves y se preparó, mirando de reojo la calle que había a su espalda, localizando cualquier posible obstáculo en la huida.

No tuvo posibilidad alguna. En un parpadeo las tenía sobre ella, apretándola por el cuello y retorciéndole el brazo hasta que el dolor la cegó. Trató de ponerse de rodillas para que el tormento menguase, tampoco eso le permitieron.

—Aguanta un poco más. Iremos a un lugar más cómodo para ambas —susurró Karla a su lado, alzándola con una fuerza impropia para una mujer tan bajita y delgada. La rubia la llevaba sin esfuerzo y Chloe comprendió que, si permitía que la encerraran en ese matadero, no volvería a salir.

La supervivencia la hizo olvidar el tirón de su hombro, alzó la mano libre y trató de clavarle las llaves en los ojos. Si bien no lo logró, la sorprendió lo suficiente para volver a sentir el suelo bajo las deportivas. Era ahora o nunca, alguien saltó ante ella, pero ¿desde dónde? Le cortaba el camino y la observaba con una mirada impenetrable.

—Ahora correrás y no mirarás atrás —ordenó Deo, a punto de perder el control. El olor de la sangre la impregnaba y sus ojos perdieron el poco color que tenían—. ¿Me has entendido?

Chloe asintió agradecida. Sin embargo, Karla no tenía pensado permitirlo y, tras saltar a su espalda, clavó profundamente los dientes en su hombro. Fue extraño pues, en lugar de dolor, una neblina cubrió la mente de Chloe.

»No debiste hacer eso —comentó Deo, encogiéndose ligeramente. Un nuevo aroma, este mucho más intenso y tentador, rozó su nariz. Con la boca hecha agua, dio los dos pasos que lo separaban de las neonatas—. Os han dejado para morir. No sé qué mensaje trataba de darme, pero falló.

Karla bebía y Dina habló por ambas, por todos los suyos:

—Eres tú quien no comprende el peligro al que se expone. Pronto seremos muchos, demasiados.

—Avisé a tu amo de que este era mi territorio. Le advertí de que si osaba manchar mis manos con sus pecados lo degollaría, lo despellejaría una y otra vez hasta aburrirme. ¿No comprendió el mensaje? —repitió cual loro Deo, cansado de tanto parlamento.

—Él también tiene un aviso para ti. —Dina sonrió feliz, dichosa por regresar a la vera de Simón y complacerlo con las noticias. ¿Qué no le daría si acababa con Deo? Pletórica, se sentía invencible—. Los viejos tiempos han pasado, ahora los humanos son nuestros y los devoraremos, uno por uno, hasta que comprendan que un nuevo depredador ha llegado.

Karla apretó el mordisco, haciendo gemir a Chloe. Un brazo por debajo de sus pechos la mantenía erguida.

—Ellos son míos. Son parte de mi clan.

—¿No lo comprendes? ¿No lo ves? ¡No valen nada! Son hormigas que aplastaremos sin piedad. ¡Mátala de una vez! —exigió Dina, aprovechando que Deo giraba el rostro en dirección a Chloe para embestir.

«Le arrancaré el corazón. Lo tendré palpitante entre los dedos y se lo regalaré a mi amo», pensaba la neonata, cegada por el hambre y el poder. Un nuevo mundo se había abierto dos semanas antes ante ella y no comprendía que, para Deo, ese mundo ya no contenía secretos.

Sin necesidad de girarse movió el brazo, resquebrajando las leyes de la física, alcanzando una velocidad prodigiosa. La cabeza de la morena rodó antes de que su cuerpo comprendiera que no tenía una guía y se dejase caer.

Karla separó la boca de la herida de Chloe sorprendida, la humana estiró las manos en dirección a un hombre que, sin querer, se había convertido en su salvador.

—Suéltala y vete. Si lo haces podrás vivir...

—No vale nada... ¿Acaso no nos alimentamos de ellos? —tartamudeó Karla, apartando varios mechones rubios del rostro. El miedo se palpaba, sus gestos nerviosos no lograron ninguna reacción en Deo.

—¿Y bien? —preguntó Deo, impaciente.

—Simón me castigará... —Sopesaba las posibilidades, con un temblor de manos evidente—. Vendrá a por ti.

—Y tú le darás un mensaje. Ella está bajo mi protección. Es mía y como tal será tratada. —Señaló el cuerpo de Chloe, que se mecía cual junco, negándose a caer—. Todos los de esta ciudad están protegidos y, si cruza la línea, no tendré piedad.

La vio caer y quiso dejarla, no era su responsabilidad. La recibió entre los brazos y se inclinó. Probarla era peligroso, hacía mucho que no temía perder el control, mas en esta ocasión contuvo el aliento cuando pasó la lengua por la herida del hombro de la humana para cerrar los pinchazos.

¿Qué tenían esos ojos negros para paralizarlo? Chloe alzó el rostro, agradecida, a medio camino de la inconsciencia, para suspirar como si él fuera lo mejor que había visto nunca y, ¡qué dios lo matase allí mismo si no se sintió temblar de pies a cabeza!

»¡Lárgate! ¡Corre antes de que cambie de idea!

La neonata se convirtió en una mancha un instante después, dejándolos solos. Deo alzó a Chloe en brazos y asintió, observando después cómo Denisse aterrizaba a su derecha.

—Temí que pudieras necesitarme —se burló su amiga antes de coger por los pelos la cabeza decapitada. La acercó a los ojos para apartarla con asco después—. Ese cabrón no tiene buen gusto.

—Deshazte de todo. —Recolocó el cuerpo inconsciente de forma que pudiera estar cómoda, más tranquilo cuando la cabeza de Chloe acabó reposando en su hombro. La trató con delicadeza, dejándola en el asiento del copiloto de su coche poco después—. ¿Qué cojones estabas haciendo aquí? —le preguntó a una Chloe desmallada— Va a ser complicado mantenerte con vida —continuó obnubilado, trazando con el índice esa boca suculenta que le ponía morritos. Incluso dormida era apetecible.

Hizo rugir el motor, necesitando deshacerse del paquete cuanto antes. Esos cabrones utilizarían cualquier cosa contra él y, de pronto, no imaginaba nada más aterrador que una morena de ojos negros que lo miraba cómo si solo él pudiera salvarla del infierno más aterrador.

Sintió despertar algo en su interior que debía permanecer dormido, tan muerto como su alma.

La dejó en su cama y arropó. De nuevo, debería haber accedido a su mente y borrado lo sucedido, pero decidió dejarlo a modo de aviso. El mundo era mucho más inseguro de lo que ella pensaba.

»No seas estúpida y hazte a un lado. Tu amiga ya está perdida —susurró en la oreja femenina, permitiéndose la licencia de dejar después un beso en el arco de ese cuello, cálido y vivo.

Se estiró y gimió, ¿qué tipo de embrujo lanzaba sobre él?

Deo se alejó aturdido, sorprendido ante la respuesta femenina. Chloe alargó los brazos, buscándolo en el aire que había sobre ella. Puede que no fuera consciente de sus actos, eso no los convertía en inocentes. La hembra estaba excitada y solo una criatura había logrado llevarla hasta ese estado.

Olfateó el aire y bufó enfadado.

»Debí dejarte morir. ¡No hagas que me arrepienta!

Se largó sin mirar atrás, al menos no desde cerca.

Capítulo 4

Se sentó de golpe, gritando después. Buscó en su hombro desesperada, sin encontrar señal alguna. Corrió al espejo de cuerpo entero que tenía en el armario y abrió esperando que todo fuera fruto de su imaginación, una mala pasada de su mente tras ver alguna nefasta película de terror.

La ropa arrugada, las manchas resecas y la camiseta rasgada.

Retrocedió hasta que la pared la detuvo, cegada con su reflejo.

«Entonces él también lo era». Acercándose de nuevo, abrió la boca, sintiéndose ridícula al no hallar nada. Seguía siendo ella.

¿Qué podía hacer? ¿Acudir a la policía? ¿Para decirle qué? Incluso a ella, que lo vivió, le costaba creérselo.

«Le cortó la cabeza...»

Las fotografías que decoraban las paredes le recordaban lo que estaba en juego, incluso cuando las posibilidades de encontrar a Marta con vida se redujeron prácticamente a cero. Corrió al teléfono y, contra todo pronóstico, lo localizó sobre la mesa.

Buscó después en su abrigo y sonrió al descubrir el de Marta. Miró los vídeos y fotografías, por increíble que pareciera había un auténtico cortometraje que no sabía si quería abrir. Fue a la cocina por una copa de vino, decidida, prefirió tomar la botella y la acercó a los labios.

El alcohol le calentó la sangre, incluso así, le dio a reproducir y dejó distancia entre el aparato y ella misma.

Una Marta, de ojos vidriosos y voz mecánica, reía y saltaba sobre la cama. Simón la acariciaba con auténtico deseo, deshaciéndose de la ropa hasta que su amiga estuvo completamente desnuda. Recorrió sus pechos y abdomen con la lengua, iniciando lo que, al principio, parecía una ardiente sesión de sexo.

El gemido hizo que Chloe girase el rostro hasta que, algo, atrajo de nuevo su atención. Simón estaba bebiendo de ella, la sangre brotaba de entre los labios masculinos y también descendía por el pecho y cuerpo de su amiga.

—No le hagas eso... Por favor... Déjala... —El pasado ya no podía ser cambiado, tampoco la escucharían. Marta no trató de detenerle, en lugar de eso, se dejó caer laxa mientras el monstruo desgarraba, todavía más, su seno izquierdo.

«Detén la hemorragia. Aprieta la herida. Marta, por favor, reacciona», suplicaba su mente. De pronto la filmación se detuvo, de golpe, sin explicaciones. Buscó fuera de sí otro archivo, algo que se le hubiera pasado por alto, abrazando después el teléfono y llorando como pocas veces.

No se percató de que pasaran dos horas hasta que el reloj de la pared marcó las cuatro. Dispuesta a enfrentarse al mundo, decidió usar cuantos recursos estuvieran a su disposición.

Hizo dos llamadas antes de que alguien respondiera. Gael sonaba somnoliento, hecho que demostró apenas logró despegar los labios:

—¡Que no son horas! —exclamó Gael molesto, más que dispuesto a colgar—. Ayer estuve hasta las mil terminando el código. ¿Qué quieres?

—Te necesito. —Pocas veces, por no decir ninguna, Chloe le pidió ayuda—. Ven, por favor. —En el momento que el susurro de Chloe atravesó la línea, él se puso en pie. En calzoncillos, con un aliento que apestaba y barba de dos días, buscó los vaqueros a toda prisa.

—¿Qué sucede?

—Marta... Marta no está.

—¿Qué estás diciendo? Tranquila. Respira. En media hora estoy ahí.

—No. Sí. No sé. Necesito encontrarla. Trae el ordenador. —Lo iba recordando de a golpes, uniendo ideas cual niña pequeña—. Estamos en peligro. No dejes que te sigan.

—¿De qué hablas?

—Solo hazme caso, ¿quieres? No tenemos tiempo que perder —finalizó ella, colgando sin más.

Se hizo una coleta alta y se conectó a varios foros. Recorrió las noticias con una velocidad pasmosa, entrando en redes oscuras que, incluso la policía, temía. Post que muchos consideraban meras invenciones de frikis y ahora tomaban un nuevo cariz, ¿desde cuándo desaparecían tantas personas sin que las noticias dieran la voz de alarma?

Frida Colsman. 35 años.

Su familia pide a cualquiera que la vea que se ponga en contacto. Tras dos semanas los más allegados temen lo peor. Es posible que...

Descendió hasta un vídeo en el que la madre lloraba, asegurando que su niña jamás desaparecería sin avisar.

Decenas de artículos, publicaciones e incluso pequeñas capturas que pasaban inadvertidas. Localizó un ciento antes de que el timbre de la puerta la sacase de golpe del mundo informático.

»¿Por qué has tardado tanto?

—Te dije media hora y han pasado veinte minutos. Joder, tendré que hackear varias cámaras para impedir que me lleguen las multas. ¿Vas a decirme qué coño ha pasado? —Se acercó a su amiga y enmarcó su cara entre las manos para obligarla a mirarlo. Ella no se atrevía, temiendo lo que Gael pudiera pensar si era completamente sincera.

—Ayúdame a buscarla.

—¿Dónde? ¿Por qué? Puede que solo esté follando con el gilipollas de turno —escupió él, más quemado de lo que quería reconocer.

—No lo comprendes. Había sangre, mucha sangre...

—¿Dónde? —Fue entonces cuando la observó entera. Las manchas negras, el pelo revuelto y ese rictus aterrado. Chloe no perdía el control, nunca lo hacía—. Está bien, pero habla de una vez.

Ambos saltaron a las sillas y se pusieron en movimiento. Eran sus dedos los que volaban sobre las teclas, ella lo guio por varias páginas hasta que ambos acotaron una zona bastante amplia de búsqueda.

»¿Me estás diciendo que un... vampiro la atacó?

—No dije que fuera un vampiro. Solo un loco que la mordió y bebió su sangre. Probablemente estuviera drogado. —Le lanzó el teléfono para que lo viera él mismo—. No lo entiendes. No había cuerpo. Quienes quiera que sean borrarán las pruebas. Esas tipejas eran fuertes, jodidamente fuertes.

Cuando Gael creyó dar con algo, descubrió que las cámaras fallaban convenientemente a la hora que a ellos les interesaba. Ya se estaba desesperando cuando penetraron todavía más en una red llena de pecados y pecadores. La red oscura contenía respuestas que ningún ser con corazón deseaba.

»Tengo algo.

Corrió hacia él, retrocediendo impactada poco después. Varias capturas, la mayoría borrosas, mostraban cómo hermosos jóvenes mordían y bebían de incautos que, por lo visto, poco hacían por defenderse.

—Yo conozco a esa mujer —soltó Chloe. Tras regresar a su portátil dio con la respuesta medio minuto después—. ¡Es Frida Colsman! Está desaparecida desde hace dos meses. Y ese... Y ese también... ¿Qué vamos a hacer? ¿Qué...? ¿Qué vamos a hacer? —repetía, una y otra vez, pasándose las manos por los cobrizos cabellos.

Tan aterrado como Chloe, se puso en pie y la envolvió en un abrazo nervioso. La contuvo contra el pecho en un intento de hallar en ella la respuesta.

—Si estás en lo cierto son demasiados para que no tengan a alguien en la policía. Debemos ir con cuidado. Sigamos revisando las cámaras, puede que...

—Él...

—¿En qué estás pensando?

—Sé quién puede llevarnos hasta Marta. Uno de ellos me salvó, sé que puede ayudarnos.

—¡¿Estás loca?! ¿Quieres acabar como ella? No te dejaré hacerlo. —Se plantó cuan grande era ante Chloe, pasmado al verla esquivarlo para tomar asiento. Ya tenía un plan y nadie la haría cambiar de opinión.

Abrió un blog, sencillo, que supo que llamaría su atención, con una sola entrada:

¿Serás capaz de encontrarme o ya no recuerdas la dirección? No tuviste reparo en allanar mi hogar, no lo tengas ahora que necesito negociar.

No seas un cobarde, un animal asqueroso como el cabrón que atacó a mi amiga. Estaré esperándote, no me rendiré así tenga que buscarte hasta debajo de las piedras.

Le dio a publicar temiendo que apareciera con la misma intensidad que temía que no lo hiciera. Ambas posibilidades igual de peligrosas.

»Me quedaré. Cuidaré de ti.

—Vete. Estoy a salvo. Sé que con él lo estoy.

No claudicó por muchos sólidos argumentos que Gael

soltó y este se retiró, con la promesa de seguir trabajando en la búsqueda desde su hogar. Sin embargo, antes de despedirse, ambos cooperaron para poder acceder a un avanzado programa que no debería existir de reconocimiento facial, usando servidores a los que tampoco deberían tener acceso.

—¿Sabes cuántas leyes estamos quebrantando? —sonrió él, cual niño chico. ¿De qué servía ir por la casa con cara de estreñido? El genio loco que lo caracterizaba salió a relucir cuando puso una recompensa en una de las páginas de sicarios más inaccesibles.

1.000.000 de euros a quien la traiga con vida. En caso contrario, no quiero solo el cuerpo de mi amiga, sino también el del asesino.

Adjuntó una imagen que no debería tener. Una Marta sonriente le guiñaba un ojo a la cámara, aunque solo él sabía que estaba desnuda y que acababa de hacer el amor.

El cómo conseguiría el dinero llegado el momento era un problema con el que trataría más tarde.

Capítulo 5

Dos horas después de llevarse a Chloe con él

Ardía entre sus dedos, tan caliente y viva. La colocó sobre la inmensa cama y arropó antes de sentarse a su vera. Ella, perdida en una pesadilla interminable, gemía y se estiraba, sin comprender que, cada uno de esos ruidos graves y profundos, era una tortura para el monstruo que, a duras penas, lograba controlar sus instintos.

Aprovechó para tumbarse con ella, tieso como un palo, listo para pelear a la más mínima provocación. Recordó esos tiempos en los que, cual ingenuo, cayó presa de los encantos de otra humana.

—¡No! ¡No vayas con él! —aulló de golpe, más aterrada todavía al notar dos manos que, ante sus golpes al aire, la inmovilizaron.

—Guarda silencio. No me obligues a amordazarte —siseó Deo, esperando varios segundos antes de dejarla ir. Se puso en pie después, quitándose la camisa con gestos suaves y seguros. Botón por botón, fue dejando al descubierto un pecho duro y musculado, aunque no en exceso—. Habrás de acatar una serie de normas si no quieres acabar muerta en cualquier esquina.

Le dio la espalda, vigilándola a través del espejo que había en la pared del fondo.

Era una estancia amplia, de paredes blancas e inmensos ventanales. La luz entraba a raudales y enmarcaba una cama inmensa de tres metros de ancho. Si bien pocos muebles decoraban la estancia, estaban colocados estratégicamente para que fuera cómoda y acogedora.

»Serás la mascota perfecta o no podré evitar accidentes. Mi clan está formado por vampiros solitarios y peligrosos, no alces la mirada, no hagas preguntas.

Chloe percibió su rabia, esa tensión acumulada en los hombros. Deo se acercó hasta el armario, ella trató de ponerse en pie, haciendo serios esfuerzos para que su cuerpo respondiera.

Descalza, llegó hasta él. No se atrevió a tocarlo, aunque ambos eran conscientes de la escasa distancia.

—¿Dónde está Marta? ¿Sigue con vida? —¿Cómo podía seguir aferrándose a la esperanza?

—Depende de lo que consideres por viva. Si tiene suerte estará descomponiéndose en alguna esquina —soltó Deo con voz dura—. Aunque... es posible que siga en manos de Simón. Fuerte, renacida y un esclavo sin opción. La eternidad para sufrir.

Él se giró, Chloe tragó saliva notando que el aire escaseaba cuando la miraba de esa forma. La oscuridad se reflejaba en los ojos azules del inmortal, una falta de humanidad tan aterradora que supo que, de querer, con solo una mano le quebraría el cuello. Era una polilla volando hacia el fuego, destinada a quemarse.

—Debo encontrarla.

—Baja la cabeza cuando se te ordene y es posible que vivas lo suficiente —contraatacó Deo, aferrando el quebradizo cuello de la joven—. Rétame y será lo último que hagas.

Asintió, Chloe estiró los pies cuanto pudo para mantener cierta estabilidad, aunque los dedos apenas rozaban el suelo.

»Perfecto, cachorra humana. Desnúdate y cámbiate. Partiremos en media hora.

Deo se apartó, aunque no despegó los ojos de la joven. Escrutaba cada movimiento, saboreando la reticencia de Chloe a continuar cuando solo le quedaba la ropa interior. ¿Qué creía que podían ocultar tan minúsculas prendas?

Soltó una carcajada cruel ante la vergüenza de ella, girándose y cruzándose de brazos.

—A dónde... ¿A dónde vamos?

—El baño está a tu derecha. Es mejor que aproveches para ducharte, hueles a muerto. —Ignorando por completo cualquier posible deseo, Deo escogió el momento exacto en el que las braguitas quedaron a los pies de ella para volverse—. ¿Serás capaz de hacerlo sola o también me retarás a entrar?

Con pasos seguros, ocupando prácticamente todo el espacio, llegó hasta la puerta que señaló instantes antes con el mentón y la abrió, descolgó una esponjosa e inmensa toalla, para tirársela después a la cabeza.

»Aprenderás cuáles son tus deberes y dejarás de lado esas malditas costumbres humanas. Son bastante molestas.

Chloe apretó el trozo de tela contra los pechos, caminando temblorosa hasta el servicio y aprovechó para cerrar tras ella. A pesar de que era inútil, se sintió mucho mejor cuando logró echar el cerrojo, como si esa puerta pudiera evitar que el monstruo entrase de proponérselo.

Seguía ahí, podía sentirlo acechándola al otro lado y, por algún motivo, tampoco deseaba que se alejase.

La inmensa mansión había sido adaptada en múltiples ocasiones a lo largo de los años para contener cuantas comodidades iban apareciendo y, justo por eso, rezumaba dinero. La ducha, por ejemplo, ocupaba toda la pared derecha y un banquito le permitía sentarse de desearlo. Por más que trató de evitarlo, Chloe fue dejando las huellas dactilares en todo cuanto tocó, destruyendo la pureza que exudaba la estancia.

Se introdujo bajo el chorro de la ducha y se aseó temiendo terminar, lo que encontraría cuando debiese regresar. Estiró el tiempo todo lo humanamente posible, hasta que el pomo de la puerta crujió y el metal rebotó contra el suelo.

—Puede que no vaya a ser tan sencillo como creía —soltó Deo molesto.

Ella acababa de salir, las gotas de humedad se desprendían de sus largos cabellos cobrizos y descendían por su piel, creando senderos que los azules ojos siguieron codiciosos.

—Lo siento. Ya he terminado. Si me das un par de minutos más...

—No lo comprendes, ¿verdad? Conmigo no hay segundas oportunidades. Ahora lo haremos a mi manera. —Sonaba a amenaza y ella buscó instintivamente una salida. Deo la tomó por el pelo y lo convirtió en un puño, provocando que se estirase y dejase el cuello al descubierto—. La gente muere si llego tarde, ¿lo comprendes?

La nuez de Chloe se deslizó, arriba y abajo.

—No tardaré...

—Es culpa mía. No debí traerte, hace mucho que nadie me vence. Ahora comprenderás mi problema, debo asegurarme que no vuelva a pasar. —Descendió sobre los labios de Chloe sin llegar a rozarlos.

Envolvió su cintura, sin preocuparse de la humedad que impregnó la camisa que acababa de ponerse. La pegó a él, moviéndola en dirección al dormitorio sin llegar a soltarla.

»Hazlo de nuevo. Rétame, provócame. Es posible que, esta vez, te encuentres de frente con el monstruo. —Los iris de Deo se volvieron plateados, sus colmillos brillaron en el centro de una sonrisa de medio lado—. Pero lo deseas, ¿verdad? No puedes evitarlo. Tu corazón se revoluciona, tu respiración se acelera y tus pupilas se contraen.

—Me vestiré y... lo siento. De verdad.

—¿Qué no darías si yo te lo pidiera? —preguntó, más para sí mismo.

La dejó ante la cama, de nuevo allí. Fue alejándose, abriendo el puño y haciéndola libre.

»Prepárate, ¡ya!

—Puedes esperar fuera... —susurró Chloe, sin comprender que, por muy bajo que hablase, las palabras se clavaban en las orejas masculinas.

—¿Me echas de mi habitación? Hazlo divertido, cachorra humana. —Cual espectador de una obra, arrastró la inmensa butaca que había junto a la ventana y se sentó, abrió las piernas y se acomodó cual dueño de su reino—. Sé que lo deseas.

¿Qué tenían esos ojos plateados que no podía pensar si la traspasaba con ellos? Ciertamente, la vergüenza no ocultaba el calor que ascendía por su columna ni la humedad que se estancó entre sus piernas. Si bien se sabía débil, juraría que era la más poderosa del lugar ante la forma que Deo tuvo de contener el aliento cuando ella recogió sus cabellos y apretó, haciendo que el agua corriera por su hombro, rumbo a la alfombra.

—Necesito secarme —dijo la humana, aunque evitando pensar en su desnudez y centrándose en mantenerle la mirada.

Deo se convirtió en una sombra apenas perceptible, la toalla acabó entre sus manos y el vampiro de nuevo en su lugar.

—Hazlo —ronroneó él.

Si quería torturarla no iba a permitirlo, juraría que Deo sufría físicamente.

Metódicamente, empezó por los pies y ascendió. Como quien se coloca una piel invisible que la protege de todo, menos del ataque carnal de quien, tampoco necesita acariciarla.

«Ahora no parece tener tan prisa», pensó ella, antes de volverse hacia el hermoso vestido negro que pendía colgado de una percha. La ropa interior, de encaje también negro, estaba sobre la cama. Lo colocó todo de forma que pudiera admirarlo.

Empezó por las diminutas braguitas, deslizándolas por las piernas, dándole la espalda de forma que pudiera admirar su trasero.

—¿Cuántas mujeres se han vestido para ti? —preguntó, sin

saber por qué le importaba o por qué lo soltó. Tembló ante el miedo de molestarlo, sorprendida cuando él notó su lengua mucho más suelta, puede que se debiera a que tenía la mente en otros menesteres.

—Miles.

—¿Hermosas?

—De distintas formas. He apreciado la belleza y la fortaleza, bebido y copulado en tantas ocasiones que no puedo dar un número exacto. ¿También tú lo deseas? —Apretó los dientes, los caninos rasgaron la parte interna de su boca, la sangre lo despejó, al menos en parte—. Apúrate.

El vestido llegaba por debajo de las rodillas, mas, una raja lo cortaba hasta el punto en el que lo convertía en un complemento lujurioso. El escote era recatado en comparación.

»Ponte estos. —Le tendió un par de tacones altos y finos que, desde luego, ella nunca escogería.

Antes de que pudiera apreciar el resultado, Deo ya la había tomado en brazos y recorría la casa. Mareada, abrazó el duro cuello en busca de un ancla, aspirando un aroma dulce y adictivo. Estaba hecho para desearlo, para correr hacia el depredador, aunque el peligro siguiera ahí.

La muerte era el seductor más caprichoso.

Dejándola sobre uno de los sillones se movió todavía más rápido, envolviendo la cintura femenina con una cadena, ella no comprendió lo que sucedía hasta que el sonido del cerrojo la despertó de golpe.

—¿Qué estás haciendo? ¡No puedes tratarme como a una prisionera!

—¿Y qué creías que eras? Ahora baja la cabeza y guarda

silencio, no quiero tener que arrancarte la lengua —siseó Deo, molesto al percatarse de que no estaban solos.

La localizó en la esquina, jugando con el pisapapeles que tenía sobre el escritorio y, en sus manos, era un arma peligrosa.

—Hermanito, mátala ahora. No me obligues a mancharme las manos. ¡No puedes enredarte con humanos! ¡No son para nosotros! —expuso Ania, queriendo sonreír, lanzando la bola de cristal y recogiéndola varias veces a una velocidad extraordinaria.

—Ella se quedará y tú acatarás mis órdenes —aseguró Deo, colocándose junto a la butaca, apoyando el brazo sobre Chloe.

La luz de la estancia era escasa. Un billar al fondo era el único complemento que contenía algo de esencia, el resto se notaba que apenas había sido usado.

—Somos familia y mi deber es cuidar de ti —la bola rasgó el aire, Deo la atrapó en el último segundo, cuando ya estaba demasiado cerca de la cabeza de una sorprendida Chloe—. Evitaré que la historia se repita.

—Ella no significa nada.

—Entonces regálamela. Yo me encargaré de cuidarla —propuso Ania, alargando las manos y jugando a tomarla en un aire vacío—. Jugaremos juntas.

Era una niña en un cuerpo gastado, aunque lozano y hermoso. Una joven preciosa que, a ojos del resto, no era una amenaza real. Ania recortó la distancia, plantándose ante la chimenea y dejando que las llamas dibujasen su figura a través del vestido verde que llevaba.

»No lo harás.

—¡Es mía y punto! No tengo que darte explicaciones. —

Se odiaba como nunca antes, apretó la bola y esta a estalló. Los cristales le rasgaron la piel y penetraron en la carne, el dolor estaba ahí, aunque puede que ya no fuera más que un hormigueo para él. Dejó caer los restos sobre la alfombra y bajó el brazo, sin preocuparse de arrancar esos trocitos molestos que no permitirían cerrar las heridas hasta que lo hiciera.

—No las necesito para ver lo que sucede. ¡Estúpido! —explotó Ania, acercándose a la frágil criatura. Se inclinó y olfateó, notando un toque que sabría reconocer en cualquier lugar—. La has probado.

—No me toques... —siseó Chloe cuando Ania tomó sus cabellos entre los dedos y los acarició. Si bien valentía no le faltaba, no era precisamente inteligente.

Tiró con fuerza, Ania se quedó con varios mechones. Sacudió la mano con asco, desprendiéndose de los restos como si tirase la basura.

Ni un solo sonido salió de los labios de Chloe.

—Haré mucho más que tocarte. Mi hermano no podrá protegerte siempre —susurró la morena, pasando la afilada uña de su índice por la mejilla de Chloe y dejando una fina herida que impregnó la estancia del apetecible aroma de su sangre.

Estalló porque el dolor de esa joven se magnificó en el interior de su pecho, porque no soportaba que otro, que no fuera él, la rozase. Aferró el brazo de Ania y apretó hasta que ella se vio obligada a mirarlo.

—También a ti podría castigarte —le recordó Deo, sin piedad que repartir. No aguantaba más sublevaciones o problemas, estaba cansado de las peleas eternas que lo rodeaban—. Ve y busca fuera tus presas. En mi hogar respetaras a mis invitados.

—¿Eso es ella? ¿Qué sucederá cuando se vaya o... muera? —sonrió amenazante, recalcando esa última palabra—. Los humanos mienten, engañan y traicionan, ¿necesito recordártelo?

Iba a interponerse de nuevo, a evitar que la golpease, cuando Ania saltó varios metros hacia atrás. Cual felino permaneció inclinada, echada hacia delante.

»No la antepongas a los nuestros. Esta vez no podría perdonarte.

Cuando alzó el rostro cualquier muestra de enemistad se desvaneció. La sonrisa de Ania era sincera y, como si Chloe no fuera más que una decorativa planta, la ignoró el resto de la velada. Si bien Chloe quería pelear contra las cadenas, romperlas y lanzarlas a la cabeza de Deo, escogió esperar.

Dos hombres y una mujer cruzaron la puerta de Deo. Todos ellos portaban una extraña capa negra, todos ellos se sentaron por la inmensa biblioteca y guardaron silencio hasta que Deo se colocó en el centro y tomó la palabra.

—Queridos amigos, es un consejo de guerra. Lanzad a los perros a la calle y traedme las cabezas de los traidores —escueto, pero eficaz. Los gruñidos guturales emergieron de las gargantas de los invitados. Alzaron los rostros y dejaron al descubierto el lado más animal.

—Yo encabezaré la búsqueda. —Un hombre musculoso y alto, de cabellos dorados y ojos verdes, se alzó para hincar la rodilla después. Deo se acercó y, este, solo izó la cabeza tras sentir los dedos de Deo rozándolo.

—Así sea.

—¿Él? —Ania era la única que no parecía estar de acuerdo con la decisión. Sentada, con las piernas cruzadas sobre uno de los reposabrazos, había permitido que la tela del vestido las dejase al descubierto—. Uno más de los múltiples inútiles de los que te rodeas. —Comenzó a aplaudir como si la función le encantase.

—¿Tienes algo que compartir? –inquirió Deo.

—Mas bien, algo que hacer.

Una daga brilló en su mano, Deo se hizo a un lado. Ania se lanzó contra el gigante y ambos se enzarzaron en una batalla. Contra todo pronóstico, la pequeña Ania resultó ser ágil, rápida e inalcanzable.

La voz de Ania rasgaba el aire, burlona, aguijoneando a un enfurecido Dieter.

»¿Todavía no? ¡Pero si has tenido mi cuello a tu alcance!

Un gruñido como única respuesta.

Una mano se cerró en el brazo derecho de Ania, hecho que no le preocupó, ni siquiera cuando un crujido rasgó los oídos de los presentes. La hermosa guerrera se giró, clavando en el proceso su hoja en el vientre de Dieter.

—Podemos considerarlo un empate —terció Deo.

Se recolocó el brazo y se inclinó después. El gesto despreocupado de Ania chocó contra una dura máscara de Dieter que, cuando ya se disponía a alejarse, se colocó tras ella y susurró a su oreja:

—No tengo motivos para ir solo —le hizo notar Dieter, era una invitación en toda regla. Al girarse, la mirada femenina había mutado. Los ojos azules brillaban y él alzó las mismas manos que, sin permiso, colocó sobre su cintura.

Unos ojos negros trataban de analizar lo que la rodeaba,

volviendo una y otra vez a Deo. Tan perfecto, inalcanzable e impenetrable. La mantenía en una esquina, humillada, encadenada y expuesta. ¿Por qué entonces guardaba silencio? ¿Por qué tenía la impresión de que era lo único que podía hacer para ayudarlo?

—¿Serías capaz de aceptar órdenes? —Bajó el tono y mostró los colmillos, buscando en los ojos verdes del gigante la respuesta. Ania no tenía miedo, hacía mucho tiempo que ciertas emociones la esquivaban. Justo por eso las buscaba, necesitando un subidón cada vez mayor—. Podría obligarte, pero ninguno de los dos quiere que los que nos siguen te pierdan el respeto. Sería triste encontrar tu cabeza lejos de tan hermoso cuerpo.

—Es suficiente —intervino Deo, echando un visto al exterior a través de la ventana—. Usad a los diurnos para rastrear las zonas más concurridas, pero que haya uno de los nuestros en contacto en todo momento. No los dejéis desprotegidos.

—¿Importa? Son reemplazables, ¿no crees? —Contaba con diecisiete primaveras cuando la muerte la acogió, solo que Lía la esquivó y se convirtió en un demonio vengador, musa de muchas de las leyendas que poblaban el mundo.

—No, no quiero bajas.

—Antes no eras tan estricto —soltó a modo de berrinche, poniendo morritos un instante. Lía no sentía compasión, también era de las más antiguas. Testigo de la caída de muchas civilizaciones, estaba cansada de fingirse como el resto—. Habrá víctimas y nadie me frenará llegado el momento. Hace mucho que no estiro los músculos.

—No dejes que te vean —le recordó Deo.

—¿Así de fácil? ¡Acaba de soltar que matará a cuantos se pongan en su camino! —exclamó Chloe, sabiéndose rodeada de psicópatas, cada cual peor que el anterior—. ¿No somos nada para ti? ¿Es eso? Nos masacrarías si tuvieras oportunidad...

—Te dije que te callases —le recordó Deo, colocándose ante ella y aferrando su mentón.

—¿Permitirás que tu perra nos insulte? —preguntó Lía que, muy al contrario, parecía complacida con la intervención.

—Ella será castigada.

—Quiero verlo. —Lía inclinó la cabeza y sonrió, esquivando el cuerpo de Deo y fijando los ojos en la quebradiza humana—. Todo.

—Habrás de aceptar mi palabra. —Deo no dejaría que nadie la destrozase, un rugido ascendió entre sus dientes—. ¿Algún problema?

El resto de invitados también se movieron, Ania y el gigante se aproximaron a Deo, solo que le daban la espalda. Poco importaba lo que su hermana pensase, a la hora de la verdad la lealtad y el amor que los unía era inquebrantable. El infierno podría desatarse y ambos seguirían en pie, entre las cenizas.

»Si no estáis de acuerdo siempre podéis enfrentaros a mí. Aunque, a diferencia de mi hermana, no dejo a mis enemigos con vida.

—Jajaja. Tranquilo, tranquilo —estiró las manos y las movió ante la cara, Lía caminó sensualmente por la estancia, deteniéndose a un metro del grupo—. Permíteme presentarme al menos. Ella tuvo la osadía de hablarme, ¿me arrebatarás la capacidad de responderle?

Deo se apartó, apenas un centímetro.

Lía se agachó como haría con cualquier niño, al menos antes de...

»Me juzgas sin comprender que se trata de supervivencia. Anteponemos a los nuestros al resto, ¿no harías lo mismo?

Si nadie se esperaba que a Chloe le quedasen ganas de intervenir, erraban.

—Disfrutas con ello. Puedes mentir a los tuyo, pero puedo verlo en tus ojos.

—Jajaja. Cierto. ¿Quieres saber qué estaba haciendo el mejor día de mi vida? Aunque, para ser precisa, ya era de noche. Una luna enorme sobre mi pueblo y el aire frío bajaba de las montañas. —Los ojos de Lía se volvieron dorados—. El humo ascendía hacia las nubes y el aire era irrespirable. La sangre manaba de mi pecho y piernas, el dolor me dio las fuerzas que me faltaban.

El silencio incómodo era una losa que Chloe percibió, al igual que la furia, apenas contenida, de Deo. Tan pronto estuvieran solos la castigaría, ¿sería capaz?

»Me puse en pie y busqué entre los restos de quienes amaba, cuerpos retorcidos y asquerosos que me hicieron vomitar al lado de la cabeza de mi hermano. El mismo que murió defendiéndome, gritando mi nombre.

Chloe negó sin percatarse de lo que hacía. La pena emergió, sin comprender que el orgullo de Lía no aceptaba la compasión.

»Uno de esos hombres recogía los tesoros encontrados, el resto se había apartado a beber, olvidando a nuestros, heridos, que gemían entre la nieve que cubría el suelo. Éramos basura y, con el tiempo, huesos que el viento desharía. ¿Qué pudo suceder esa noche para que se convirtiera en el mejor de mis recuerdos?

—Lía, por favor —suplicó Dieter, que se mantuvo hasta ese momento en silencio. Los ojos negros del vampiro la evitaban, aunque estiró la mano de ébano en su dirección.

—Esperé a que se hubieran dormido. Con el vestido rasgado y sucio, con el alma hecha trizas y sin corazón que pudiera sangrar. Les rajé la garganta cuando la luna estaba en lo alto, impidiéndoles gritar por última vez. Yo era humana y odiaba ser como ellos, los odiaba y acabé con todos.

Izó el rostro, aspiró con fuerza, llenó los pulmones y, aunque era innecesario, soltó el aire después.

»El último de ellos se despertó y trató de convencerme para que lo salvase. Me ofreció cuanto era, incluso me habló de un demonio que me concedería mi mayor deseo. Le prometí perdonarlo y, solo cuando me lo contó todo, le regalé la libertad —su sonrisa carecía de calor.

—Existe gente buena, ¿acaso tu hermano no lo era? —Apeló Chloe, a un corazón muerto.

—¡No lo nombres! He exterminado ciudades enteras por mucho menos. Si tengo que matar a miles lo haré, ¡lo haré! No tengo nada que perder y ellos… si les damos la oportunidad se destrozarán sin necesidad de ayuda.

—Él no… —Deo le tapó la boca, moviéndose a gran velocidad. Fue Ania la que colocó la mano sobre el pecho de Lía, evitando que diera otro paso más.

—¡Pido su sangre! ¡La exijo! —aulló Lía, abriendo los brazos y desplegando las garras, gritando después hasta que también Dieter se puso en pie, dejando caer el abrigo de cuero que llevaba— ¡Su sangre! ¡Ahora!

Palideció al comprobar que esa zorra no retrocedería y Deo apartaba la mano de su boca, como si temiera rozarla. La dejaba abandonada y Chloe buscó sus ojos desesperada, necesitando encontrar algo a lo que aferrarse. Sola era imposible que pudiera sobrevivir.

—Sufrirá, os doy mi palabra. Dejadme marcarla en soledad —pidió Deo, por primera vez en siglos, bajando el rostro a modo de sumisión.

—Aceptamos —dijo Dieter por Lía.

—¡No puedes hablar en serio! ¡Joder! —blasfemó ella, saltando hacia la ventana y atravesándola sin preocuparse del cristal o protegerse del impacto. Corrió desesperada, seguida por su fiel amigo y compañero.

—Haremos lo convenido. —Eren achicó, todavía más, sus ojos rasgados. El pelo lacio del vampiro se meció cuando se puso en pie, inclinándose antes de cruzar la puerta.

—Espero ansioso la, tan prometida, refriega —se sinceró Dieter, tomando la mano de Ania y besándosela.

—No puedo hacerte feliz, temo que te arrancaré el corazón por error. —Ania retiró el brazo con un gesto suave y controlado, recordando unos modales arcaicos de los que tanto disfrutó en su momento.

—Te lo regalo en bandeja.

—Así lo espero. —Una conversación sin sentido que finalizó con las anchas espaldas alejándose y una Ania nerviosa, que saltaba de un pie a otro. Solo cuando dejó de escucharlos se volvió—. ¡Acaso quieres perder a los pocos aliados que tienes!

—Nos son fieles... —se disculpó Deo, oteando a Chloe furibundo.

—¿Por cuánto tiempo? ¡La has insultado!

—¡Tampoco acepto que pierda la cabeza cada ciento de lunas y haga arder lo que tanto me cuesta crear! —escupió

Deo, tomando la mano de Chloe y alzándola ante ambos—. ¿Quieres verlo? ¿Tú también? ¿Es eso?

Torció el morro, mas Ania no se retiró. Esperaba y la presión que Deo ejercía se incrementó. Pronto el dolor la hizo inclinarse y tratar de soltarse con la otra mano, solo que Deo no se detuvo. Las uñas se clavaron en el brazo masculino, el grito rasgó el aire y él notaba la tensión del hueso, negándose a fragmentarse, aunque a punto de hacerlo.

—No olvides quién eres —claudicó Ania, retrocediendo por la alfombra y permitiendo que Deo la soltase y empujase, asqueado y enfermo consigo mismo. El llanto quedo de Chloe se introdujo en sus oídos hasta tal punto que se habría cortado las orejas de ser la respuesta.

—Guarda silencio.

No podía. La poca confianza que puso en él ya no estaba y solo quedó el miedo. Se agarraba el brazo y se balanceaba, permitiendo que las lágrimas se intensificasen, tratando de retroceder cuando Deo volvió a girarse en su dirección.

»¡Guarda silencio! ¿Eres incapaz de hacerme caso?

—Eres como ellos... —lo acusó con ojos heridos, mucho más que el brazo. Algo se rompió en su pecho.

—¡Al fin lo entiendes! Lo único que espero de ti es que mantengas la boca cerrada hasta que tenga respuestas. Te colaste en mi mundo a la fuerza y ahora habrás de atenerte a las consecuencias. ¡¿Qué esperabas?! ¡Somos monstruos!

—No. —El pelo cobrizo se meció al mismo tiempo que su cabeza—. Ahora lo sois —recalcó sin voz, entre hipidos.

Esas palabras se clavaron en el corazón de Deo, que se centró en arrancar los cristales de su mano y lanzarlos a la chimenea. Deseaba revisar la herida de Chloe, curarla y consolarla. Disculparse, excusarse incluso, ¿qué sentido tendría?

Golpeó la pared de ladrillo que había sobre la chimenea. La atravesó y observó cómo los cascotes caían.

—Vete al dormitorio y no salgas.

Chloe meció las cadenas haciéndolas sonar. Recordándole lo que no podía contarle, había perdido la voz.

Llegó hasta ella y las rompió, las destrozó sin dificultad y quiso ayudarla, apartando la mano al verla retroceder y protegerse escondiendo el brazo contra el pecho.

»Soy así... este es mi mundo... —Obligarla no era una opción y la dejó marchar, vagando perdida en un lugar extraño y peligroso, lleno de historias y viejos fantasmas. Sus pasos temblorosos resonaban en los oídos de Deo que, lejos de poner distancia, la siguió desde las sombras, dejándose caer a la puerta de lo que, hasta entonces, fue su santuario.

La imaginó en su cama, entre las sábanas que a él lo envolvieron. Su perfume único impregnando todo lo que le pertenecía, uniéndolos. Los sollozos contenidos eran la melodía de fondo, un tormento que, solo cuando la respiración femenina se volvió más pesada y suave, le dio un descanso.

Esperó varias horas antes de abrir la puerta y caminó fingiendo no estar ahí, lo último que quería era perturbar su descanso. Se detuvo a su vera y acarició el pelo de la joven, deseó hacer lo mismo con su cuerpo. Hermosos segundos que se negaba a olvidar. Siendo sincero, solo cuando nadie lo observaba, cuando era dueño de cada uno de esos sentimientos que lo debilitaban, se sentía libre.

»Si no lo hubiera hecho ella misma habría acabado contigo —reconoció cansado, necesitando ese odio que ahora ella le prodigaba. ¿Cómo sino negarse ante la atracción insana que sentía?

Se rasgó la muñeca y dejó caer varias gotas de su sangre sobre los voluptuosos labios de Chloe.

»Bebe, cachorra humana. Abre la boca, solo para mí —susurró sobre ella, posando después los labios en el tentador lóbulo.

La joven tembló de pies a cabeza cuando la substancia carmesí rozó su lengua, al instante el moratón que cubría su brazo se desvaneció, dejando impoluta la zona, borrando lo que nunca debió suceder.

Solo sabiéndola bien se alzó cual cuervo, tratando de resolver el misterio, ¿qué había en ella tan especial?

El silencio los guarecía y, al mismo tiempo, extrañó el sonido de su voz. El silencio era apacible y cómodo, lo fue hasta que la conoció. Hasta que respiró su aliento y ansia, el fuego que desprendía su cuerpo. Estaba mucho más viva que cualquiera y era indomable, una rebeldía que la hizo caminar hacia el precipicio y saltar. ¿Acaso alguna vez tuvo la oportunidad de negarse a recogerla?

«No confíes en ella. No lo hagas...» Suplicaba una voz en el interior de su cabeza, hablándole cual extraño. Alzó los ojos y supo que Ania tenía razón, ¿quién era el tipejo que, inclinado sobre Chloe, pasaba con dulzura los dedos por su mejilla?

Nada tenía sentido, no si ella estaba cerca, por mucho que tiñera de color cuanto los rodeaba. La oscuridad se desvanecía y él temía demasiado la luz que aportaba.

Capítulo 6

Buscó con los dedos el despertador, sorprendida al no encontrarlo. Parpadeó y los recuerdos la azotaron, alzó el brazo y escudriñó en él sin hallar lo esperado.

—No es posible...

Apartó las sábanas creyéndolo allí, descubriendo con cierta desilusión que seguía sola. Se vistió a toda prisa, hallando ropa limpia que, sorprendentemente, le quedaba perfecta en el armario. Tomó un conjunto cómodo: vaqueros, camiseta y tenis. Como único complemento una chaqueta de cuero que le aportaba algo de valentía, cual piel de lobo.

«Debo echarle un par de cojones», se dijo, como habría hecho Gael de estar a su lado.

Los ojos azules de Deo la seguían a todos lados, incluso sabiendo que no estaba ahí. Lo recordaba sobre ella, sus labios tan cerca que solo tenía que dar el último paso. ¿Cómo sabría su boca?

Se detuvo en el pasillo agitada. Llegó a la primera de las estancias y, tras un vistazo rápido, prosiguió su camino. Dos habitaciones más la llevaron hasta otro despacho, aunque este mucho más pequeño. En el centro un ordenador que atrajo su atención.

»Mi juguete favorito...

No había sistema informático que no lograse hackear, acarició las teclas antes de perderse en lo que tan bien sabía hacer. Estaba violando la intimidad de un completo enigma, un hombre que la atraía de tal forma que le aterraba lo que sería capaz de hacer, por él, llegado el momento.

»Contraseña...

Sería divertido tener tiempo de sobra para perderlo intentándolo, tomó su teléfono y lo conectó a uno de los puertos con uno de los cables que allí encontró. Tamborileó sobre la mesa una melodía que la tranquilizaba, aunque no llegaba a recordar la letra, perdiéndose de nuevo en el azul más hermoso que podía imaginar.

La pantalla se iluminó y, medio decepcionada, comenzó a localizar archivos, encontrando una red privada que contenía varios mensajes y otro tipo de carpetas. Hojas y hojas que le llevaría toda una vida inspeccionar, o puede que varias, hizo lo primero que se le ocurrió. Buscó el nombre de Marta.

»No podía ser tan sencillo.

«Cuéntame cómo piensas. Vamos a ver... ¿Es posible que por la fecha? No, no es eso. Quizás, si buscamos en los archivos recientes y comienzo a retroceder...»

Lamentó haber abierto uno de ellos al azar ante las grotescas imágenes que contenía la carpeta, cuerpos que difícilmente podrían ser reconocidos. Rostros que mostraban el terror del final, de la muerte. Lo peor era la mirada vacía, esa pátina blanquecina que los cubría en algunas ocasiones.

Contuvo la arcada apretando la mano contra la boca, su estómago rugió hambriento a continuación.

Los dedos volaban, pasaba los ojos sobre palabras inconexas que le daban una idea aproximada de lo que contenían. Recorría líneas y líneas de códigos, en la búsqueda de un tesoro en medio de la basura. Historias horrendas que, por algún motivo, Deo archivaba y conservaba. Uno de los archivos había sido abierto más de doscientas veces, la curiosidad le ganó.

Sin nombre. El retrato de una mujer, un rostro hermoso, aunque carente de vida, encabezaba lo que, cual cuento, la enganchó. Alguien se tomó la ardua tarea de escanear un viejo libro, de páginas arrugadas y carcomidas que, en algunos tramos, difícilmente podía ser descifrado.

Tras una búsqueda que me ha llevado décadas, puedo asegurar que he acabado con todos los seguidores de Briguitte. Cientos de hombres y mujeres, fanáticos en su mayoría, que preferían morir a confesar.

Me asquea recordar lo que me he visto obligado a hacer, los nombres los guardo para mí, aunque el consejo haya pedido explicaciones. Mi señor no aceptará más errores, no cuando dos de los nuestros han caído por mi incompetencia.

¿Cómo confié en una humana? ¿Por qué le di tanto poder?

En los dos años que estuvo lejos hay quien dice que tuvo un niño. Me niego a aceptarlo, lo negaré hasta mis últimos días pues, de hacerlo, la orden de muerte que pesa sobre su línea sanguínea se extendería al pequeño. ¿Qué culpa puede tener? Incluso tras la traición de su madre.

Dicen que, durante su búsqueda del poder, Briguitte confabuló con brujos poderosos y las artes oscuras. Hizo sacrificios de sangre y varios de ellos bebés. Traté de mantenerme impertérrito ante las narraciones de los familiares, sabiéndome el culpable de haberla creado.

¿Era así antes de dar conmigo o fui yo el causante?

Dejé su cabeza ante el consejo, su corazón lo quemé a modo de expiación. Quiero seguir creyendo que su alma fue purificada, que alcanzará la paz que le fue negada en vida, aunque haya días en los que la odie con tanta intensidad que volvería a desgarrar su garganta con mis dientes.

Su dolor fue mi cielo por unos segundos, transformándose en pesadillas que me han acompañado desde entonces.

Durante la última cacería creí ver lo imposible, me miró y sonrió, o puede que no me viera realmente. Lloraba y creí ver cierto arrepentimiento, como si desease mi llegada desde hace mucho tiempo, necesitando que alguien la liberase de sus propias decisiones.

Quedaba algo de luz en ella, tiene que ser cierto...

¿Estaba leyendo su diario? Decenas de páginas que giraban en torno a la misma mujer. Incluso sabiendo que la mató, los celos la hicieron volver a esa imagen.

«No es tan hermosa para que él no pudiera olvidarla».

Pasó a lo que podría ser otra entrada, detalles que, para otros, no tendrían importancia.

El pueblo me ha acogido como a uno más. Evitan hacer preguntas acerca de mi extraño comportamiento, puede que, en el fondo, intuyan que no les gustarían las respuestas. Esta mañana una joven se acercó y me pidió ayuda, era el demonio para ella y, sin embargo, el único al que se sentía con valentía para acudir.

En su vientre una niña, fruto del peor de los pecados que ella podía imaginar. ¿Cómo explicarle a su familia algo que no fue su culpa, pero con lo que, de no evitarlo, cargaría el resto de su vida? Podía escuchar el suave latido de quien no tendría la oportunidad de vivir.

Le prometí encontrar una solución, tras pedirle consejo a Ania decidimos hacernos cargo de la criatura. ¿Seremos padres? ¿Nos temerá? Si el consejo se enterase es posible que lo prohibieran, mas el tiempo es eterno para quien lo ve pasar sin intervenir en el suceder de los días.

¿Una niña? Buscó el año como loca. 1856.

Esos párrafos eran más propios de una novela que de una vida. Era imposible que fueran fragmentos del ayer de un ser frío, impenetrable, carente de emociones. El hombre que la retó y encadenó, el mismo que apretó su brazo, sin que su gesto mutase, hasta que casi se rompe. ¿Cómo creerse nada de lo que allí había?

Febrero, 1863

Nela está creciendo y no deja de enfermar. Su madre nos ayuda durante el día, nosotros pagamos por lo que también es su obligación, acogiéndola en las noches y concediéndole riquezas sorprendentes. Le mostramos la magia que muchos desconocen, los rincones a los que los hombres no pueden llegar.

Es una aprendiz ávida de conocimientos, pronto querrá ver un mundo que temo que la destruya. Ania ha amenazado a medio poblado y uno de los campesinos fue hallado con mordeduras en la linde del bosque, supe que fue ella, aunque lo achacasen al ataque de un lobo. Ahora, desconfía hasta de su sombra y temo hacerle cualquier pregunta.

¿Qué ha llevado a mi hermana hasta ese estado?

Se obligó a cerrar ese dichoso archivo, estaba perdiendo una preciada oportunidad. Sin embargo, las palabras resonaban en su mente, creando miles de preguntas que la persiguieron, convirtiendo su tarea de búsqueda en un imposible.

El hambre se hizo insoportable.

«¡Llevo más de 24 horas sin comer!», hizo los cálculos dos veces para asegurarse. Cerró sesión y dejó todo como estaba, borrando su paso. Descendió a la cocina esperando hallar a alguna joven encadenada a la pared, o puede que les gustase más la sangre de los hombres. ¿Se trataba de eso o del tipo? Ella era... A+, ¿importaría?

En cambio, era como cualquier otra, cualquier otra a lo grande. Una nevera de dos puertas atrajo sus pasos, en su interior todo tipo de delicatesen. Se decantó por una lasaña y, tras tomar un cubierto, se llenó la boca hasta que casi se atraganta.

—¿Has aprendido lo suficiente? —preguntó Ania, el tenedor resbaló de sus dedos y rebotó a sus pies—. Él dio la orden de que pudieras vagar a tu antojo y tú has aprovechado para burlar su privacidad.

—No sé de qué me estás acusando exactamente.

—No te acuso, para mí es una certeza. Hay muchas formas de saber cuándo alguien miente y tú, querida, no eres buena ocultando tu travesura. Si él lo supiera... —Avanzó hasta apoyarse en la barra que cortaba la estancia en dos y las mantenía lo suficientemente lejos—. Siempre podría echar un vistazo en tu sangre.

—No. No te acerques.

—Querida, puedes estar tranquila. No iré contra mi hermano por quien no vale nada. Se cansará de su juguete y te encontraré hecha pedazos en cualquier rincón de la casa. Cualquiera puede encargarse de limpiarlo. —Chasqueó la lengua por tan evidente molestia.

—Si fuera tan sencillo no estarías hablando conmigo.

—Cierto, muy lista. Venía a ofrecerte la posibilidad de escapar. Yo misma te llevaría a donde deseases con dinero suficiente para dos vidas. Una oportunidad única para los tuyos. —Alzó las cejas esperando a que el cachorrillo saltase sobre la carnaza.

—No.

—¿No?

—Me quedo. —La duda estaba ahí, no podía olvidar el dolor y la mirada ausente de Deo cuando apretó su brazo. Lo creía su protector y fue quien se cernió sobre ella para castigarla. ¿Qué más podría hacerle?—. Mi vida es suya de ser necesario. No me ocultaré sabiendo que Marta está sola y asustada. Ella me necesita.

Se envalentonó para callar, una diminuta personita en su

interior también disfrutaba de la experiencia. Deo la derretía con su mera presencia, zarandeando su mundo y llevándola hasta el límite de la cordura. Deseaba perderse en sus caricias al menos una vez, incluso sabiendo que puede no fuese real, no del todo, o que, el hombre que creía intuir, no fuese más que la máscara que Deo llevaba.

La idea de ser suya, de ser poseída hasta las últimas consecuencias, cediéndole su cuerpo, su sangre, su ser, era tan arriesgada como seductora.

»La encontraré y os dejaré en paz. Compréndeme. Temo que solo él aceptaría ayudar a un trozo de carne con patas.

—Muy lista —le concedió Ania, recordando las tardes que se pasó hablando con Nela, la preocupación que sentía de no controlar todos y cada uno de sus pasos—. Ten cuidado. Si te quedas demasiado es posible que no tengas la oportunidad que te ofrecí.

¿Cuántas noches se pasó Chloe en vela tras el ataque que sufrió siete años antes? Una niña sola en la calle, una adolescente que no creía posible que le pasase a ella. Si Marta no hubiera aparecido entonces... Reafirmó su decisión al volver a sentir las asquerosas manos buscando bajo su falda, tratando de rasgar esa braguita que la mantenía a salvo. Es posible que, gracias a Marta, el cabrón no pudiese llegar más lejos, eso no impedía que su cuerpo se estremeciera asqueado, precisando introducirse bajo el chorro de la ducha y llorar hasta quedar dormida.

Chloe necesitaba creer que no era la misma persona. Fuerte, poderosa, capaz de cuidar de sí misma y, sin embargo, se guarecía tras un hombre que, desde luego, no sentía simpatía por ella.

—Marta es familia.

Ania la respetó pues lo comprendía. Cabeceó y saltó, cayendo sobre el mesado y cruzando las piernas. Se quedó esperando a que la humana reaccionara y tomase otro tenedor, disfrutando de verla hacer algo tan mundano como llevarse el bocado a la boca.

»¿Puedo hacerte una pregunta?

—¿No lo estás haciendo ya?

—¿Por qué lo hace? ¿Por qué Deo... —El nombre hormigueó en la punta de su lengua. La quemaba, lo convertía en alguien cercano—. ¿Por qué Deo se enfrenta a los suyos por mí?

—Yo misma me lo pregunto. Él ya no puede amar, no podría tras lo sucedido —soltó Ania, escueta.

Estaba a punto de dejar el recipiente en el fregadero cuando un cuchillo voló hacia ella. Era imposible detenerlo, no comprendía el cambio en la actitud de Ania hasta que presenció cómo una sombra lo cazaba en el aire.

»Hermanito, ¿lo admitirás ya? —se burló la vampiresa con aire travieso, realizando una pirueta antes de dejarlos solos.

Prácticamente estaba sobre ella, con la mano todavía alzada y el afilado utensilio entre los dedos. La miraba sorprendido de descubrirla allí, recorriendo los rojizos labios de la joven, que se estremeció ante el suave roce de su pecho contra el duro torso masculino.

—Estás... herido... —señaló ella, incómoda ante la falta de interés de Deo al respeto. Abrió la mano y dejó caer el cuchillo sin preocuparse del hilo de sangre que descendía por su brazo.

—¿Me curarás? —Había demasiado enterrado en dos palabras, una pregunta profunda y conmovedora, por la forma en la que se inclinó y esperó que ella respondiera. Estaba al alcance de su mano, pero no se movía—. ¿Lo intentarás al menos o disfrutarás a modo de venganza por mis actos?

Sacudió el brazo y varias gotitas impactaron contra los armarios.

—Hermoso... —susurró Chloe al verle llevar los restos hasta la boca y chupar. El azul de los iris de Deo era ahora de un blanco impoluto—. ¿Puedes verme?

—En todo momento.

—¿Me espías? —Quiso bromear ella.

—Cachorra humana, eres demasiado joven para comprender lo que no te conviene. No estarías preparada para jugar conmigo ni en mil vidas. Dime la verdad... ¿me temes?

Chloe bajó la cabeza, para alzarla un segundo después.

»Una niña que no tiene miedo, es demasiado joven para apreciar el peligro.

—Tú no aparentas más de veinte —replicó Chloe, cruzándose de brazos, aunque al hacerlo tuviera que pegarse todavía más.

—Deberías mirar bajo la superficie. Acércate a mí... —No era posible negarse o evitarlo. Cual animales echaron la cabeza hacia delante y buscaron en las pupilas del otro—. No hay nada en este mundo que no haya visto o sentido. Repetitivo, cansino y demasiado previsible. Y luego estás tú.

—Soy como el resto.

—No, no es cierto. Si lo fueras no olerías a hogar y peligro, no sentiría conocerte, a pesar de que nuestros caminos no se habían cruzado. Créeme, de haberlo hecho lo recordaría

—La retuvo por el cuello, no apretó, solo la mantuvo lo suficientemente asequible—. ¿Anhelas el placer más absoluto? ¿Estar en manos de la oscuridad y yacer con el mal personificado?

—¿Quieres saber qué es lo que yo veo? —La alzó y colocó sobre la encimera, se acercó y las piernas de ella se abrieron, dándole un acceso peligroso—. A un presuntuoso que, está tan convencido de llevar la razón, de ser irresistible, que no se ha planteado más opciones.

—Si lo desease te arrancarías la ropa con los dientes y pondrías ese lindo culo a mi alcance. Abrirías tu coño para mí, no olvides con quien estás tratando —siseó Deo implacable.

—Por supuesto. —Apretó la camisa del monstruo sabiendo que nada conseguiría, aferrándolo y sorprendiéndose cuando, ante el ligero tirón, el gran muro de piedra y cedió—. ¿Sería real? Tendrías mi cuerpo, pero no mi piel o alma. Has jugado con muñecos demasiado tiempo y sabes que, aunque placentero, no era suficiente.

—¿Y tú sabes qué tengo que hacer al respeto? ¿Tú?

—Nadie lo sabe. —Chloe lo acercó todavía más a sus labios, rozándolo, actuando como haría con cualquier otro. Olvidó quién era, que la hirió y sus amenazas. Borró cuanto sabía, dejándose llevar.

No sabía cuánto miedo, rabia, frustración y desesperación contuvo esos días en su interior hasta que lo dejó marchar. Necesitaba el control, el poder que Deo, por algún motivo, dejaba en sus manos. Le permitía moverlo y tomar lo que quisiera, usarlo.

Envolvió la estrecha cintura, lo pegó hasta que ambos jadearon por el contacto.

»Quieres que te de algo, no sabes el qué. Me culpas por lo que despierto en ti. Ahora te contaré un secreto. No me importa lo que pienses o digas, tampoco lo que me hagas. He sufrido mucho en mi vida, demasiado incluso. No temo al dolor.

—¿Y qué temes?

—Al miedo, al real. Al que logra que te orines encima y te convierte en un ovillo sin vida. Mientras tenga la oportunidad de defenderme, de responder los golpes... Tú tampoco estás a salvo.

—¿Qué podrías hacerle a quien es inmortal? —preguntó Deo, irónico.

—Sangras como yo, ¿no? El dolor está ahí, solo debo convertirlo en un arte. Viejo, eres la momia más bien conservada que tengo el placer de conocer. —Se lanzó deseando el toque, la caricia, el beso. Golpeó los labios masculinos con su propia boca, alcanzó con tanta virulencia su objetivo que fue ella la que protestó, sorprendida cuando dos manos tomaron su rostro con delicadeza y lo movieron, de forma que la lengua de él pudiera entrar con comodidad.

Temió romperla, incluso con ese roce demandante. Acarició la fina cintura, recorriendo cada rincón de su boca. Se recreó en el sabor y los gemidos que los delataron, incluso siendo extraños que, sin comprender qué los llevó hasta allí, perdían la cabeza por tomar ese pedazo de cielo.

Era un monstruo queriendo llorar por un beso con una humana, una diminuta criatura que el tiempo borraría sin remedio, transformándola en arena. La voz de su mente le decía que era un error, de una u otra forma saldría herida.

Lanzaron lejos los motivos por los que debían mentirse y separarse. Negar que no era lo mejor que hubieran probado, asegurar que el resto del mundo no se desvanecía.

Chloe mordió con saña, queriendo imitar a ese ser que afirmaba estar a punto de destruirla y, tristemente, era más que posible. Puede que pronto no fuera más que un fantasma del que escribiría en una hoja que después fotografiaría, recordándola a través de un momento que podría moldear a su antojo en el interior de su mente.

Chloe buscó su sangre, ¿qué trataba de demostrar?

Se volvió loco. Notar cómo Chloe bebía y ronroneaba, aferrada a su cuerpo como si temiera caerse de no hacerlo, fue demasiado para quien llevaba casi una década sin ir tan lejos con nadie. Notó mil culebras de fuego deslizarse por su piel, transformándolo en un demonio que dejó de priorizar la seguridad de ella, de pronto convencido de que era capaz de darle mucho más.

La tomó por el pelo y la obligó a echar la cabeza hacia atrás.

—Ve despacio, pequeña. Apenas puedo soportarlo.

Era su último intento por ser bueno, no le quedaban fuerzas cuando era Chloe la que lo rozaba y se mecía sin control contra esa erección que amenazaba con romperle el pantalón.

Ella no pensaba. No podía. El sabor de Deo era adictivo y la sed la lanzó a por más. Completamente fuera de sí se perdió en él, buscó incansable los restos que todavía pudiera recoger, logrando en el proceso que los caninos masculinos rasgasen su lengua.

Un segundo después era Deo el que aferraba el labio inferior de Chloe, emborrachándose a medida que la sangre salía profusamente por las heridas. Brotaba y él la recibía, alejándola poco después al sentir que los párpados de su linda cachorra humana caían sin fuerza.

»Mi trocito de vida, podrías romperme de mil maneras,

aunque no lograses poner fin a mi existencia. Debes irte. Escóndete y yo te mantendré a salvo. Cuando recupere a Marta ni siquiera me recordarás.

Lo decidió de golpe, la idea llegó y supo que era lo correcto. Aceptarla fue duro, más al enfrentarse a dos profundos abismos negros, que lo retaron a repetirlo de tener huevos, se tornó imposible.

—No jugarás con mis recuerdos.

—Es lo mejor.

—¡¿Y quién eres tú para decidir lo que es mejor?! —¡Lo abofeteó! Aunque... sin lograr moverlo. De pronto no quería ser algo que pudieran borrar sin más, aplastarla como a un mosquito.

Había pasado del cielo al purgatorio entre los brazos de quien parecía no comprender su enfado.

—Que no lo puedas recordar no lo hará menos real. Solo evitará que sufras cuando todo haya terminado. —¡Y la recogía en brazos dispuesto a encerrarse con ella en el dormitorio!

Gritó y arañó. Pataleó dispuesta a todo porque la soltase. No iría con él ni hasta la esquina, la sola idea de ser acariciada tras esas asquerosas afirmaciones provocó una arcada en su interior.

—¡Estúpido! ¡Imbécil! —Finalmente, la dejó escurrir de tal forma que dejaba claro que era lo último que deseaba hacer. Renuente, apartó las manos una vez los pies femeninos estuvieron firmemente apoyados en el suelo—. Creo que lo que tienes es un problema mental. ¡No sonrías! ¡No te atrevas!

La risa profunda fue incontrolable. Le lanzó un par de patadas a las canillas, que tampoco trató de evitar. Chloe aferró el cuchillo del fregadero, herida al comprobar lo ineficaz de sus ataques. Lo colocó ante ella, enseñándolo, dejando claro que estaba dispuesta a todo.

Deo se acercó, sonriendo todavía y, que dios le devolviera la cordura pues Chloe no encontraba un sonido más hermoso. Una melodía que, tal cual harían las sirenas, atraía sin remedio e invitaba a ahogarse en él.

La mano femenina tembló.

—¿Lo necesitas? ¿Quieres hacerme daño? Entiendo lo que sientes —dijo Deo.

—¡No me hables como si fuera una niña! ¡No me trates como si fuera una ingenua a la que tienes que abrirle los ojos!

—¿Eso hago?

—¡Ah! —aulló Chloe, necesitando destruir la impotencia y la rabia. Las emociones que, hasta que la sangre de Deo entró en su boca, manejaba eran ahora un huracán sin control ni rumbo. La mente de la joven daba bandazos, tan pronto podía estar a punto de lanzarse sobre el inmortal para desnudarlo para, al segundo, querer arrancarle la piel a tiras.

¿Consecuencias? ¿El después? Nada de eso importaba, no existía.

»¿Y si prefiero que duela a que no estés aquí? —Alzó la mano para señalar su mente, olvidando lo que aferraba, y cortándose la mejilla. De los dos fue la única que no se dio cuenta.

—Tranquila... Relájate... Has de permitir que las emociones pasen de largo. Mírame y respira. Estás conmigo y todo lo que sientes es normal.

—¿Normal? ¿Es normal beberse a un tío al que, hasta ese momento, le estaba metiendo mano? ¿Cuál es la segunda base? ¿Te abro la carótida y me doy un baño de burbujas?

—Tienes unos gustos extraños —comentó Deo, comprendiendo el cambio producido en la joven, culpándose por no haberlo previsto. Aunque, disfrutando de cada gesto y fruncir de ceño, de esa forma de plegar los labios o la sonrisa que, de golpe, asomaba por la voluptuosa boca, sospechosamente coincidiendo con el vagar de los ojos negros.

El influjo que ejercía sobre la joven le hacía dudar sobre la veracidad de la atracción que Chloe aseguraba sentir. Le arrebató el cuchillo antes de que ella reaccionara, lo lanzó con tal saña que se clavó en uno de los armarios.

»¿Quieres recordar lo que me veré obligado a hacerte? —Tan frágil y resistente, se doblaba, mas no se rompía. La joven que alzó el rostro y achicó los ojos todavía vibraba si la tocaba, demostrándolo al suspirar cuando la tomó por el cuello. La mantuvo un instante así, concentrado en el bombear de su pecho que, justo en esa zona, era tan evidente—. ¿Sabes lo que significa marcarte? ¿Lo que me han exigido que te haga?

—¿Me golpearás?

—Aquellos que han escogido servirnos son marcados. Llevan en su piel, a fuego, la insignia de su protector y amo. Cual ganado, diré que no es algo que haga, pues siempre he dejado patente mi desagrado por esa práctica —reconoció ante ella, solo ante ella. Las palabras que no encontraba para el resto eran sanadoras si era Chloe la que las escuchaba—. Me gustaría salvarte de eso. Alejarte antes y que seas feliz. Encontrarás un lugar entre los tuyos y crecerás, te transformarás en una anciana que solo tendrá recuerdos felices que narrar a sus descendientes.

—Entonces tendrás que borrar mucho más que tu presencia. En otro tiempo incluso te lo suplicaría. Ahora, acepto mis demonios pues son los que me han moldeado. —Le palpitaba la entrepierna, tanta humedad y calor, esa inquietud multiplicándose en su vientre y la sed. La joven apenas podía pensar y, sin embargo, tampoco retirarse de la conversación—. Eres un cobarde al asegurar que lo haces por mí.

—¿No temes el dolor?

—Ni lo más mínimo.

—Pequeña y peleona. Quizás alguna noche te ponga a prueba. —Dicen que hay olores, gestos o palabras que traen el pasado a colación. Ella alzó la ceja tentadora y Briguitte volvió. Se sintió tan indefenso como entonces, pasando por todos los estados de golpe al mismo tiempo.

Iba a retirarse, trabajar o fingir hacerlo. Tal vez salir a recorrer la ciudad, saltar por los tejados cual ave sin rumbo, posándose sobre las vidas de los que, sin saberlo, eran espiados, cuando cambió de idea.

La tomó con fiereza contra él, apretándola de forma que no podía moverse.

—Creo que ha quedado claro que no tengo pensado acostarme contigo. —Aunque el gemido que rasgó la frase en dos no daba mucha credibilidad a tamaña afirmación. Mucho más cuando frunció los morros cual animalillo indefenso que precisa de un besito sanador. Un sana-sana de toda la vida.

Apretó los labios y corrió hasta la puerta. Con la mano izquierda inmovilizó la cabeza de Chloe para impedir latigazos cada vez que brincaba pues, una vez llegó al jardín, pareciera que volaba cada vez que se impulsaba.

El viento les cortaba el rostro. El impulso hacia arriba creaba una cortina de aire que Chloe notaba presionándola, para después caer y flotar, creyendo imposible llegar al suelo.

Nerviosa, gritando como loca, la voz excitada de Chloe se quedaba tras ellos, cual estela. Con las uñas se clavó al cuello masculino, cual felino, trató de desgarrar su piel, anclarse a lo único que, dada la situación, la mantenía con vida.

Era lo más parecido a volar. Incluso se planteó la posibilidad de que Deo tuviera dos inmensas alas que acabase de desplegar, solo que todavía no las controlaba a la perfección y el aterrizaje era más brusco de lo que debería.

»Déjame bajar. ¡No! ¡Para!

—¿Lo notas? El corazón se revoluciona, el aire inflama tu cuerpo al entrar con tanta rapidez, las manos te tiemblan y se tensan, tus músculos listos para darlo todo.

—¿A dónde vamos? ¿No sabes conducir? Si lo supiera me habría puesto un arnés —cuchicheó entre dientes—. Seguridad ante todo...

Deo se detuvo ante un alto edificio. Más de cincuenta pisos contenían a familias que, en ese instante, dormían. Balcones pequeños y compactos, la mayoría llenos de plantas secas que se quedaron en un quiero y no puedo, la mayoría eran usados como pequeños trasteros llenos de polvo.

Un impulso y aterrizaron sobre el que pertenecía al quinto B. Después, Deo optó por usar manos y pies, cual mono, escaló aferrándose a salientes que, a ojos de ella, no existían. ¿Acaso Marbel les mintió y en realidad Spiderman era un vampiro sin miedo a las alturas?

»Creo que voy a vomitar. No, no lo creo. Si no paras estoy segura.

—¿No aguantas dos minutos más?

—¡¿Qué crees que estoy haciendo?! Ni tu eres una puta batidora ni yo espero que me conviertan en pure. Para ahora o... —Llegaron a la azotea. Libre de obstáculos, permitía observar la ciudad casi al completo.

Las carreteras, jardines y calles. Diminutas bajo ellos, mostraban un mapa en el que los arquitectos no pusieron mucho empeño para seguir formas sencillas.

—¿Te encuentras mejor? —preguntó él, obligándola a sentarse en el borde, por mucho que balancear los pies sobre un inmenso precipicio que la mataría irremediablemente no era precisamente lo que ella escogería. Se imaginó cayendo, desnucándose y quedando rota allí abajo, lista para ser portada de algún diario sensacionalista, que aseguraría sentirlo mientras daba todos los detalles escabrosos que lograse reunir.

—No mucho. Es un sitio raro para cualquier conversación. Supongo que, para los tuyos, sentarse a la mesa con un café delante sería aburrido.

—Ves ese parque. Ese. —Se puso sobre ella de tal forma que temió que la empujase sin querer. Al norte, una explanada de césped con algún que otro columpio. A pesar del aspecto descuidado, la media docena de árboles que se alzaban en la zona le daba un aspecto hermoso, virgen, congelándolo en el tiempo, a pesar de la expansión que ese lugar en concreto había sufrido.

—Son inmensos.

—Centenarios —la corrigió, dándole la razón al mismo tiempo—. Ahí morí yo. Mi hermana no lo sabe, pero fue ahí donde me traicionaron por primera vez.

Lo miró sin comprender por qué se lo mostraba. Deo lo comentaba con ese rostro sereno y calmado que le restaba importancia. Los labios del inmortal se movieron, ningún sonido emergió, teniendo que hacer un segundo intento, como si su garganta se negase a continuar.

»Una joven hermosa, a la que yo consideraba amiga, me citó en lo que antaño fue un inmenso bosque. Yo, completamente perdido en sus atributos, dejé que me sedujera con su sonrisa y me creí triunfador cuando me permitió besarla y desnudarla. La tomé poseído por la juventud, convencido de que pronto sería mía de por vida. En aquella época era lo correcto, lo habitual. Mi edad no era algo a tener en cuenta. —La mano izquierda, que permanecía apoyada en el hombro femenino, se crispó. ¿Quién podría imaginar entonces lo que se avecinaba?

Eran su pueblo. Se sintió apreciado y, en parte, lo era hasta que alzó demasiado los ojos. ¿Cómo, un mísero huérfano, pretendía quedarse con la hija del jefe? Fue bien recibido mientras aceptaba trabajar hasta la extenuación por un mendrugo de pan, cuando se dejaba los huesos en la jornada y aceptaba las migajas. Eran todo sonrisas y halagos, buenas palabras para aquel que precisaba sentirse aceptado.

Puede que lo único que hizo bien fuese cuidar y proteger a Ania, logrando que se convirtiera en una mujer fuerte y segura de sí misma. Cuando más la necesitó demostró ser imperturbable, luchadora y terca.

»Era de noche cuando llegaron. Los vi aparecer y les abrí la puerta de nuestra diminuta choza. Un lugar ruinoso, pero limpio. —Es posible que ahora poseyera más dinero del que Cloe podría gastar en toda su vida, pero era esa choza inmunda la que lo hacía sentir realmente orgulloso, pues fueron sus manos las que tallaron la piedra sobre la que la construyó. Tras la muerte de sus padres, grabó sus nombres en un enorme leño que conservó como el mayor de los tesoros, hasta que, años después, lo usó como viga. Eran pequeños detalles que convertían ese montón de escombros en lo mejor que creó nunca. Suyo, construido con sudor, lágrimas y sangre—. Los invité a sentarse y beber algo, pero no aceptaron. Los vi dudar varios minutos hasta que el primero se envalentonó, luego todo fueron gritos y amenazas.

—¿Por qué? No lo comprendo... —Lo observó con cuidado, la tristeza estaba ahí, aunque había algo más oscuro. Una furia y odio que, ni el tiempo, lograba aplacar—. ¿La amabas? ¿Le sucedió algo?

—Dijo que la forcé. Si hubiera sido otro la fiesta sería sonada. Yo no valía nada y me condenaron sin preguntar. Ella, llorosa, me observaba desde atrás. Los seguía mansamente sin tratar de evitarlo.

Los dedos de Deo apretaron, tal cual habría hecho con el cuello de esa zorra mentirosa. Quiso sentir el crujido y olvidó que era Chloe la que estaba con él y que, la mano que estaba cerrando, se encontraba apoyada sobre su hombro.

—Me duele... Para, por favor...

Deo la soltó y retrocedió. Chloe se tapaba la zona con el gesto contraído.

—Lo siento, yo...

—No importa. No es nada. —Lo de restarle importancia se le daba bien, no cuando le costaba respirar con normalidad.

—Se curará en unos minutos. Mi sangre hará el milagro —susurró Deo, aproximándose y oteándola—. Bebe algo más.

«Dile que no. Apenas puedes pensar con claridad». Poco importaba lo que le gritase la voz de la razón. El labio inferior le temblaba cuando Chloe asintió sin fuerzas.

La envolvió como si sus brazos fueran dos enormes alas que la protegían. La sostuvo con cuidado, tensándose ante el gemido lastimero. Se rasgó la muñeca y ella acudió, notando un escalofrío antes de posar los labios sobre la piel de su chupasangre.

Notó cómo los párpados le caían, el placer la cegaba y le impedía retirarse. «Solo un poquito más...» Los firmes dedos de Deo pasaron por su cuello, ascendieron hasta la cabeza de la joven y masajearon la zona. El pelo cobrizo se esparció, dejando un aroma que Deo adoraba.

La empujó delicadamente, sonriendo ante la reticencia de apartarse. Limpió los restos rojizos que decoraban sus labios.

—Fue mi primera vez. Al completo. La primera vez que besaba —susurró quedamente, acercándose hasta que ella se supo en peligro—. La primera vez que pasaba los dedos por una piel que no me perteneciera.

Las manos acudieron a la fina cintura, alzándola para poder estirarse completamente.

»El momento más extasiante, único y perfecto. —Si bien entonces lo creyó, con Chloe estaba convencido. Juntos, lejos de cualquier otro ser vivo, pegados hasta tal punto que temía hacerla añicos—. Tienes que huir, ocultarte, escoger una vida diferente. Solo así tendrías una oportunidad... —Selló sus palabras con ese beso único, perfecto y maravilloso. Un contacto que creció en intensidad, volviéndose imparable. Solo que, con cada lametazo y caricia, con cada gemido o suspiro, lo que le pedía era que no lo abandonase, que no lo traicionase. Una compañera en la que pudiera confiar, que estuviera pasase lo que pasase. Solo que no hablaba, no lo expresaba en voz alta, hacerlo significaría aceptar su debilidad, sus dudas y temores.

Mordió suavemente la lengua traviesa que, juguetona, acababa siempre sobre sus afilados dientes.

—No me duele. ¿Cómo es posible que cuando me muerdes sea el placer el que explota en cada fibra de mi cuerpo?

—Porque lo deseas, lo necesitas y, cuanto más tiempo

estemos juntos, mejor será. Eres mía y tu cuerpo lo sabe, lo intuye. Quiere correr, cual gacela ante un león que se dispone a despedazarla y, aunque tu piel se eriza, no darás el primer paso que te aleje.

—Podría dejarte…

—Pero no quieres. Estás dispuesta a todo por Marta, por tu amiga. Todo —enmarcó la palabra con ímpetu—, lo haces por quien consideras familia.

—Así es.

—Mientes, pequeña humana. En ningún momento existió la necesidad de que te acercases, de que me cedieras tus labios o me acompañases. No tienes motivos para bailar conmigo o dejarte poseer.

—No ha sucedido.

—Todavía… —Sonrió seductoramente, haciéndola girar y notando feliz cómo ella escogía abrazarse a él con todas sus fuerzas—. Mas entonces yo no era nadie. Un joven que podía ofrecer lo que sus manos construían, sin comprender que, para algunas, no era suficiente.

El aire olía a fuego, las antorchas estaban diseminadas por la plazuela y se alejaban, creando un camino hermoso y aterrador. ¿Cuánto tuvieron tiempo de preparar semejante puesta en escena?

Al fondo, una viga con unos grilletes. Cadenas que cerraron entorno a sus muñecas, cadenas que, cuando el fuego lamiera su piel y se la arrancase, se clavarían profundamente en la carne de sus brazos.

Lo arrastraron sin compasión, con los gritos de su hermana de fondo. Alaridos aterrados en los que juraba que Deo no era capaz, que jamás osaría a forzar a nadie. Sin embargo, la causante, prefirió guardar silencio ante las incesantes preguntas de Ania.

Los hombres que creyó amigos, los mismos que, en ocasiones, le invitaban a beber y reían con él, ahora lo observaban con ojos vacíos. Tan lejos y cerca, impasibles ante sus súplicas.

Deo creyó hasta el final que no serían capaces. Los miró uno a uno, buscando algo a lo que aferrarse hasta que la misma agraviada portó la antorcha que encendería la leña.

El aire se tornó irrespirable, los ojos le lloraban y el dolor lo volvió loco. Estaba atrapado y ya no oía, veía o pensaba.

—Me quemaron vivo. Me condenaron a la hoguera y miraron cómo sucedía. Incluso los niños más pequeños se aproximaron, guiados por la curiosidad.

—¡No es posible! —exclamó ella, tapándose la boca y abriendo los ojos cuanto fue posible.

—La lluvia nos sorprendió a todos, pero no fue eso lo que salvó mi vida. Ania cree que no lo sé. —Sonrió orgulloso, con el amor fraternal brillándole en los ojos. Chloe estaba ansiosa porque continuase y él no se hizo esperar—. Ellos ya veían como segura mi muerte y no encontraron motivos para evitar que Ania usase sus propias manos para alejar los maderos. Al principio se protegió con calderos de agua que otra niña le proveía, luego lo olvidó y, mientras lloraba, apartó cuantos pudo hasta que el agua, caída de las nubes, terminó el trabajo.

—¿Y las cicatrices? Sigues aquí, algo tuvo que suceder.

—Impaciente —la regañó con ternura, aferrando el rostro

y regresando a sus labios—. Yo era incapaz de caminar y, si recuperaba la consciencia, gritaba hasta que ella misma me confesó que deseó mi muerte. Se planteó tomar un cuchillo y evitarme la agonía, solo que, en el último momento...

—Te ama.

—Tengo suerte. Tenerla a ella es el mayor de los tesoros —reconoció Deo, sorprendiéndola y saltando al vacío.

Creyó morir, desde luego su corazón no estaba preparado para esa tensión, para caer rumbo a la acera a una velocidad cada vez mayor. La inercia estaba haciendo un gran trabajo, acortando su vida hasta reducirla a segundos.

»No sucederá nada. Puedes confiar en mí.

Estiró una mano y rasgó la pared, deteniendo el avance para que el frenazo no fuera tan brusco, cayendo limpiamente sobre ambas piernas.

—No vuelvas a hacerlo. ¡Nunca!

—Hace mucho que no me dan órdenes —observó él, moviéndose a una velocidad aceptable, al menos para un coche—. Mi hermana no se rendiría y yo, por lo visto, soy más resistente de lo que ellos pensaban.

Apenas le quedaba piel y la que permaneció intacta, creó feas ampollas. El tono rojizo pronto se infectó y las pesadillas fueron acompañadas de fiebre. Una temperatura constante y alarmante, que Ania no sabía cómo bajar sin empeorar su estado.

Caminó toda la noche, arrastrándolo sobre una tabla. Mintió sobre sus nombres cuando llegaron a la curandera, consciente de que nadie aceptaría atenderlos, no después de que la voz sobre lo sucedido se corriese.

Ania suplicó sin lograr nada y, yendo contra sus creencias y manera de actuar, tomó un cuchillo y lo posó sobre el arrugado cuello de la anciana. Peleó por su hermano, dispuesta a mancharse las manos.

—Tenga piedad de él...

—Muchacha, ya está muerto. Mis conocimientos son extensos, mas todavía no tengo el poder de devolver el hálito a los cuerpos muertos.

—Todavía respira... ¡Mírelo! Tiene que haber algo que pueda hacer. —Apretó el filo contra la yugular acelerada de quien, a pesar de sentir los huesos quejándose, no estaba preparada para partir.

—Sí podría ayudarte a ti. Piénsalo. Si no haces nada perderás los dedos, puede que también las manos. ¿Qué sería de ti entonces? —La bruja, acostumbrada a jugar con las mentes de sus congéneres, se sorprendió ante la respuesta.

—No importa mi vida. Sálvelo. —Pues, lo que Deo no sabía, era que él era el que la hacía valiente, el que, cuando le guiñaba el ojo en la mañana, le daba la facultar de alzar la cabeza ante las miradas despectivas y de deseo que le lanzaban. Si seguía entera era porque Deo estaba ahí, protegiéndola desde las sombras, custodiándola y el resto lo temía. Era inmenso, fuerte y joven. Sin su hermano, los que retrocedieron asustados saltarían sobre ella.

No, sin Deo no deseaba vivir.

La curandera se arrodilló e inspeccionó el cuerpo, sintiendo asco al levantar alguno de los emplastros.

—Viaja lejos y vuela alto —susurró cansada, demasiados años ante moribundos—. Solo un milagro podría ayudaros.

Hace décadas una mujer embarazada acudió a mí. Huía de su marido, creyendo que yo, por ser mujer, la ayudaría a escapar.

—No lo hizo…

—¿Y arriesgarme a que me linchasen por ello? ¡Por supuesto que no! Por otra parte, tampoco la dejé abandonada. Le dije que fuese a las montañas, a un viejo escondite que conocía. Le hice un mapa y le di provisiones suficientes. —Ania incrementó la presión, dejando un fino corte que aceleró la explicación—. Le prometí que acudiría a visitarla una semana más tarde, solo que cuando traté de cumplir mi palabra lo que hallé fue…

La criatura que, desde las sombras, la llamaba era hermosa. Tanto, que tuvo que hacerse un corte en la palma de la mano para mantener el control de sus actos, tan profundo, que la cicatriz la acompañó toda su vida.

»Lo que quiera que se esconda allí puede curarlo. El estado de esa mujer era deplorable y, tan solo una semana después, su piel era perfecta. Cuando la noche llegó creí haberme alejado lo suficiente, pero ella me encontró. Me enseñó una niña y me pidió que le consiguiera un hogar. Recuerdo sus palabras como si fuese hoy. —Aferrándose a la mano de Ania, que temblaba suavemente y le dolía horrores, se apoyó en ella para alzarse y llegar hasta una silla—. Asegúrate de que mi hija tenga una buena vida o, cuando duermas, iré a visitarte. No tendré compasión. —Incluso moduló la voz para imitar ese tono carente de emociones que la paralizó.

Ese fatídico día, antes de poder negarse, la curandera notó la brisa golpeando su rostro y cayó inconsciente. Despertó diez minutos más tarde, agotada, atónita ante lo que encontró. La inmortal estaba semidesnuda, inconsciente, y con su hija durmiendo plácidamente a su vera. La pequeña sonreía, ajena a cómo su vida cambiaría para siempre.

Incluso se planteó acabar con la amenaza, aprovechando la oportunidad. Se inclinó sobre ellas con un cuchillo brillándole entre los dedos, antes de acercarse lo suficiente los párpados de la madre se alzaron de golpe. El miedo que sintió cuando las negras pupilas de la joven se clavaron en ella fue brutal, haciendo que aceptase el mandado sin hacer preguntas.

—Dime cómo llegar —ordenó Ania.

Se detuvo frente al árbol más alto. El tronco se retorcía sobre sí mismo y la mitad de las ramas estaban muertas, sin embargo, por algún motivo, el ayuntamiento no se atrevía a cortarlo. Decían que un mandamás protegía la zona.

—El dolor me paralizaba. Entonces ese ser se cernió sobre mí y dejó caer sangre en mi boca, haciéndolo soportable. Solo que, para convertirte en un inmortal, primero has de morir.

—No lo comprendo —reconoció ella.

—Solo se puede esquivar a la muerte si ella has pactado con ella. Muchos creen que es como en las películas. —Mil posibilidades se encendieron en la mente de Chloe, devoradora como pocas de series de ciencia ficción—. No quiero aburrirte más, solo mostrarte lo poco que queda de mi mundo. Esto fue rozado por mi yo humano, lo único que ha sobrevivido.

—¿Cómo fue?

—¿Morir?

—Vencer a la muerte. —Perdida en las palabras graves de Deo, caminó sensualmente hasta el árbol y acarició la corteza—. Si Marta es... como tú, —Echó un rápido vistazo a su espalda, notando un frío horrible deslizarse por su columna, penetrándole los huesos—. ¿pasó miedo? Le prometí que no la dejaría sola. Nos apoyaríamos siempre, sin importar el peligro.

—No existen palabras con las que pueda describírtelo.

—Inténtalo al menos —suplicó cansada, dejándose caer de rodillas, soltando las primeras lágrimas de una despedida que sentía clavándosele en el pecho desde que permitió que saliese del antro sola.

¿Cómo consolarla cuando nunca tuvo que hacerlo? Ania ya no se rompía y, desde luego, pocos lograrían vencerla en batalla. No recordaba la última vez que su hermana lloró.

Se colocó a su espalda, la abrazó y recogió, colocándola sobre su regazo.

—Mi pequeña cachorra humana... —A oídos de ambos era el mejor de los cumplidos—. Si te ayuda compartiré contigo mi visita al otro mundo, un mundo sin forma y tan aterrador como hermoso.

—Marta no lo merecía. Muchas veces hicimos planes de cómo envejeceríamos, sin importar cómo nuestras vidas cambiasen, nadie lograría separarnos. —Pues, aunque los amores e hijos eran importantes, no querían perder lo que, con confianza y tiempo, lograron crear. Juntas, se hicieron terapia, desnudando sus almas.

Destrozadas, se encontraron cuando creían estar solas, sin motivos para continuar. Dos inadaptadas que escondían heridas y cicatrices, secretos y miedos. Personas, rudas por fuera, que se deshacían ante un sencillo abrazo.

»¿Será la misma? Temo no reconocer a la inmortal en la que se haya convertido.

—Todos cambiamos, lo que la muerte nos muestra tiene distintos efectos en cada uno. —Colocó un mechón rebelde tras la oreja femenina—. Ella se presenta con distintas formas y personalidades, nos enfrenta a nuestros miedos y ganas de continuar. Suele aceptar un buen trato.

—¿Un trato?

—Hay seres en el universo que no logro comprender. Tan antiguos y poderosos que no dejan de ser mitos hasta que te topas de frente con ellos. Para, a continuación, dudar incluso de que fuera real. Y te lo dice quien no sabe lo que es envejecer. —La acunó suavemente, dejándola soltar esa humedad delatora—. El rostro que la muerte escogió para mí fue el de mi madre. De corazón, desearía creer que era ella... No obstante, tenía sus propios planes.

¿Cuánto era fruto de la fiebre y cuánto realidad? La sangre de ese ser entró en su torrente y después, sin darle un minuto de descanso, el cabrón le atravesó el pecho.

Ania gritó y se lanzó contra quien la aplastó sin compasión, solo que su compañera lo detuvo.

—¿Recuerdas mi llegada? —preguntó Bix, posando la mano en el brazo del ser. Los saltones ojos negros de la criatura se posaron en ella, a pesar de su aspecto aterrador, estaban llenos de calor. Tras milenios en soledad, la presencia de Bix era un bálsamo capaz de aplacarlo—. No pretendías salvarme, pero lo hiciste.

Bix sonrió al notar cómo su compañero introducía las imágenes en su cabeza. Se observó a sí misma tumbada, sangrando y suplicando, solo que no era su vida la que buscaba salvaguardar. Esa forma de proteger a la niña fue la que conmovió al monstruo.

»Ella ha acudido a nosotros con la misma necesidad. El mundo los rechazó y torturó, como hizo con nosotros. Tú me hiciste sentir que la familia puede escogerse.

Apartó la mano del ser y Bix se inclinó sobre Ania, dejando caer su sangre en su boca, para apuñalarla después.

Ambos hermanos tendidos, perdidos en un juicio en el que el tiempo carecía de sentido.

Lo primero que Deo encontró en ese lugar fue a su madre. Altiva, seria y cubierta por una niebla que permitía que sus manos aparecieran de la nada.

—¿Dónde estoy? —preguntó él, dando varias vueltas, alzando los brazos sin verlos.

—¿Importa? En una parada sin nombre, un lugar en el que descansar y coger fuerzas. ¿Te apetece sentarte conmigo a conversar? Llevo demasiado tiempo sola. —Estiró el brazo y señaló frente a él, apareciendo un banco al instante.

—Me mataron —recordó Deo, apático.

—Te han colocado en una posición complicada. —La dama se acercó, pasando la mano por la mejilla de Deo y besando después su frente. El dolor lo hizo aullar, el corazón se le paralizó. La pérdida más absoluta le robó la voz—. Lloras por quienes no recuerdas, pero extrañas día a día. Sombras que notas acompañándote en el viaje.

—¿Madre?

La suave sonrisa apareció en el rostro de la muerte, para convertirse en una mueca vacía.

—Ahora bien, el equilibrio es complejo y los soldados son precisos llegado el momento —continuó ella, sin prestarle atención, posando la mano en el pecho de Deo y dejándolo tranquilo de nuevo—. Si bien muchos han pasado por mis manos, a pocos los encontré capaces de regresar. Cada alma

que se escapa de mi control acorta mi poder, si te dejo marchar arriesgo el tejido del universo.

—No quiero volver. Madre y padre me esperan. Estoy cansado y... —Dolido, traicionado. ¿Cómo enfrentarse a su pueblo tras lo sucedido?

—Y aceptarás regresar porque necesitas venganza. —Sembró la semilla y la regó con lo que podría pasar—. Tu hermana se enfrentará a la misma propuesta, solo que ella no dudará en volver, esperando estar a tu lado. Sin embargo, sin ti perderá el control. Arrasará con cuanto existe, convirtiéndose en el monstruo a destruir, acabando en la misma hoguera que tú conoces.

—¡Ella no! ¡No permitiré que la quemen viva!

—Debes prepararte. Hay mucho que has de aprender.

La bruma formó sombras, caballos y hombres que, sobre ellos, peleaban sin piedad. Los cuerpos caían y la sangre abonaba la tierra, los quejidos y gritos roncos eran la melodía de fondo. Estaban en medio de una guerra en la que no participaban, notado como varios contendientes los traspasaban sin que Deo notase nada.

»Llevo siglos aguardando a alguien que acabe con él. —Señaló a un joven de veinte años. Atractivo como pocos, sus ojos negros recorrieron la zona antes de lanzarse con la espada en alto. Su destreza atrajo la atención de ambos, se fue abriendo camino hasta que las manos comenzaron a temblarle. Llevaba horas en pie, con los músculos en tensión y los dedos blancos a causa de la fuerza con la que empuñaba el arma.

Apareció por su espalda, un pelirrojo lo atravesó, no una, ni dos veces. Quería asegurarse de que su enemigo no volvía a ponerse en pie.

La escena se fue como había llegado, sin hacer ruido.

»Servirás a aquel que osó engañarme. Al único que visité en más de una ocasión, dándole un poder que nunca debió poseer.

La muerte, como cualquier otro ser, poseía sentimientos. Fuertes, impredecibles y peligrosos. Deo notó como su alma se rompía y los ojos se le anegaron. Apenas soportaba la presión y le costaba respirar, sin embargo, la muerte seguía impertérrita.

—¿Qué le sucedió a Ania?

—Murió —sentenció ella, sin darle mayor relevancia, no cuando gracias a eso obtendrían el mundo mismo. Tendrían mil vidas para disfrutar, verían alzarse y caer imperios, descubriendo la belleza del arte y de la destrucción—. Podrá superarlo.

—¿Quién osó alzar la mano contra ella?

—Tú mismo.

—¡Jamás la tocaría! —aulló él, enfrentándose a la sombra que, sin más, se quitaba la piel.

Si alguien le preguntaba cómo era no sabría precisar color, altura o incluso si era hombre o mujer. La veía sin verla, lo único que recordaría siempre era esa túnica negra que la envolvía, deshaciéndose a medida que llegaba al suelo.

La mirada vacía que le dedicó leía en su mente, en su alma. Podía ver su mayor vergüenza y miedo, al menos si pensaba en ellos.

—Temo que, mi mayor error, se recupera del castigo infligido. Él, que debía ser mi ejecutor, ahora se alza en mi contra, arrebatándome almas que, hasta que las rozó, fueron nobles y hermosas. —La muerte lo esquivó, estiró el brazo y una nube de humo negro brotó sin más. De nuevo, el vikingo

de ojos negros y cabellos dorados ante ambos—. Le arrebaté el nombre, le arrebaté su pasado y futuro y, aun así, ha logrado sobrevivir. Se negó a rendirse.

Era hermoso, al principio. Después los dorados cabellos cayeron y la piel perdió todo el color. El negro que ocupaba sus iris pasó o teñir todo el ojo. Un gruñido, procedente de la boca del recién llegado, relató el padecimiento que sufría, al tiempo que se dejaba caer de rodillas.

»Debía dar mi mensaje, pero me traicionó. —Lo que no contaba era que ella misma fue la primera en engañarlo. Si bien era cierto que trató de avisarlo—. Cuando se firma un pacto debemos cuidar nuestras palabras. Los seres más antiguos, como es mi caso, solemos ser bastante literales. Te daremos lo que pidas sin hacer suposiciones, también reclamaremos lo mismo.

El ser que ella creó era un sin-nombre, un espíritu tan roto que apenas comprendía quién fue. Pues, cuando el vikingo logró regresar, lo que tanto ansiaba proteger era pasto de las llamas. Buscó el cuerpo de su mujer entre los escombros durante días, encontrándola hecha trozos.

«Juró que ella me esperaba, que me permitiría regresar a su lado y protegerla...» Pensaba en bucle un hombre que lo perdió todo. Era su pareja de vida, su media mitad, la niña que fue su amiga y creció para convertirse en su compañera.

El hombre que aceptó acabar con el mismo ejército que los atacaba, dejó caer la espada para siempre, al menos en nombre de otros. Clavó el acero que lo acompañaba a las batallas ante la tumba que, con las últimas fuerzas que le quedaban, logró arañar en la tierra congelada.

Después, necesitando regresar a los brazos de su gran

amor, se rajó la garganta. No obstante, la muerte no le concedió la paz, no le permitió pasar. En su lugar le arrebató cualquier posible recuerdo hermoso, también el rostro y la identidad. Le concedió la vida eterna para que rememorase el gran error concedido, no cumplir con su parte del acuerdo pues, ella, cumplió al permitirle regresar al lado de Korla.

—¿Qué esperas de mí? —preguntó Deo, mirando fijamente a la muerte.

—Que le arrebates lo que le queda cuando yo así te lo pida. —Ese 'lo que le queda' tenía rostro de mujer—. Derramarás su sangre y le darás un mensaje.

—No mataré a nadie.

—A más de los que crees. Te convertirás en un verdugo, un demonio que los hombres temerán y disfrutarás de serlo. Puedo sentirlo. La venganza tiene un color único, un aroma metálico, tan parecido al de la sangre, que aterra. —La muerte suspiró y, de golpe, se transformó en Bix. En las manos de Deo apareció un puñal—. Acaba conmigo, con ella, atraviésame el corazón sin dudar.

—No puedo...

—¡Mal! —El dolor lo cegó, las llamas volvían a envolverlo, rozándolo por doquier–. Acaba conmigo. No tengo miedo.

—No quiero hacerlo, no puedo.

—Una eternidad para moldearte, aunque no resistirás mucho más. Lo noto. —Se acercó y rozó el pómulo masculino. Dos inmensas lágrimas descendieron por las mejillas de Deo, lamiéndolo y calmándolo. A continuación, los dientes se le desprendieron y se vio obligado a escupirlos. Uno a uno, para dejar lugar a otros que, comenzaron a brotar, tan afilados y peligrosos, que apenas lograba contenerlos en la

boca—. Tranquilo, después serás libre. Disfrutarás del placer más embriagador, de mil vidas para experimentar. Tendrás la mejor de las recompensas para, cuando decidas que ha llegado el momento de morir, obtener la paz eterna. Yo estaré esperándote.

—No causaré dolor. He dejado atrás mi pasado, ahora solo ansío llegar hasta mis padres y esperar a Ania.

—¿Incluso si eso significa que nunca llegue? Puedo devolverla humana o inmortal, lo que es seguro es que se aferrará a la vida que a ti tanto pesar te causa. Ella luchará hasta sus últimas consecuencias —comentó seseante ella—. Si vuelve como mortal sufrirá en cada una de sus vidas, será torturada y violada. Si la lanzo al mundo como inmortal... bueno, se convertirá en el azote de este.

—Ella no. Posee un buen corazón, una compasión envidiable.

—¿Incluso con los que te ataron y asaron? ¿Incluso con los que te torturaron y después celebraron vuestra partida? ¿No lo sabías? Ahora beben en vuestro nombre. —Inclinó el cuello, apartando los cabellos castaños y dejando la palpitante piel al descubierto—. Toma de mí tu poder. Serás más fuerte que tu creador, más rápido e inteligente. Tu mente se despejará y abrirá a las fuerzas del universo. Aunque, si tratas de engañarme, encontraré la forma de llegar hasta ti.

La mano de la muerte envolvió su brazo, tirando de él y forzándolo a ponerse en pie. Todavía inclinada, lo acercó y forzó a colocar la boca sobre la fría piel.

—No... —Un olor nuevo, especial, lleno de sutiles toques a mar, vida y primavera, golpeó su nariz. Con tanta fuerza que tuvo que contener el aliento para impedir lanzarse sobre ella.

—Sigues luchando, es sorprendente. Eres el indicado.

Llegado el momento estarás preparado para eliminar a tu creador. —Acarició los cabellos de Deo, meciéndolo cual chiquillo, recuperando el rostro de su madre, su voz—. Venga. No tengas miedo. Bebe de mí...

Dejó caer la daga y, antes de impactar contra el suelo, se desvaneció. Los dientes de Deo se estiraron tanto que cortaban la piel de su boca y, cuando la primera gota carmesí rozó su lengua, perdió el control.

El lado animal de Deo emergió, borrando al hombre que, hasta entonces, tenía el control. No quedaba rastro del muchacho bondadoso que fue, apretó los dedos contra la muerte y trató de retenerla. Las estrellas explotaban en el interior de su mente, bombardeándolo con tanta información que apenas retuvo unos retazos.

Lo empujó poco después, más cansada de lo que pretendía. Sonreía. La muerte se inclinó con elegancia, mostrando un caminar pausado a un niño que, de golpe, comprendía que estaba en peligro.

»No seas cobarde. Tienes el pago y no hay pacto más fuerte que el que ha sido sellado con sangre.

—Nunca tuve una oportunidad.

—Eso no es cierto. —Los ojos de la muerte se tornaron blancos—. Yo no puedo extraer de ti lo que no está ahí. Si de verdad no quisieras nada podría hacer. Solo busqué el modo de que fueras sincero.

—No debo...

—Es posible —concedió finalmente, dejándose caer y tomando forma de una niña con los mismos ojos carentes de color—. Aprendemos lo que es correcto, mas, en ocasiones, lo correcto nos impide llevar a cabo lo justo. Un dilema eterno que,

a veces, hemos de esquivar. Sin embargo, has de preguntarte: ¿Qué harías por los que amas? ¿Mancharías tu alma para que otro no lo hiciera por ti? Aunque no lo creas, son preguntas más antiguas que el mundo que habitas.

—No sé qué hacer.

—Despierta y recuerda mis palabras. Asegúrate de comprender las consecuencias y... no mientas. No serás el mismo, pero seguirás siendo tú.

Si Deo hubiera sabido perdonar todo sería diferente. No pudo y cedió al olor, al hambre y al anhelo. Permitió que esa bestia que ahora guardaba bajo la piel tomase el control, echando sobre ella la culpa y desolación, aun cuando en todo momento pudiera detener las manos del depredador que borró el poblado del mapa.

Abrió los ojos en una cueva, cuando la noche acababa de comenzar. Ania seguía muerta y no pudo quedarse a esperar el resultado. La muerte dijo que regresaría de una forma u otra. Quiso echar un solo vistazo, puede que enfrentar a sus torturadores.

Estaban en medio de la plaza, ni siquiera se dignaron a retirar la pira. Sencillamente, ignoraban los leños quemados y bebieron en torno a hogueras que, en breve, se extinguirían.

Estaba en lo alto de una rama cuando la vio. Apartada del resto, la mirada perdida y los hombros caídos. Corrió hacia Miether sin percatarse de la velocidad que alcanzó, la tomó en brazos y se alejó sin pensar en lo que hacía.

La dejó caer a sus pies y la observó perder la calma. Estaba convencida de que sus ojos la engañaban, podía notar cómo su mente se resistía a creerlo posible.

—Estás muerto.

—Y sigo aquí. Mi corazón no puede olvidar tu traición, concediéndome las fuerzas suficientes para regresar —susurró Deo entonces, sonriendo al verla gatear para poder distanciarse—. ¿Por qué?

—Era lo correcto. Yo no pagaré porque no pudiste callar. ¡¿Por qué tenías que contar lo que compartimos?! —aulló Miether, señalándolo de malos modos.

—Te amaba. —Para él era un motivo inmenso que a ella la llevó a reír nerviosamente.

—¿Amor? Eras el único que no sabía que ya estaba comprometida. Un insulto que no permitirían. ¿Amor? Solo quería sentir algo que no fuera repugnancia antes de... —Meneó la cabeza, asqueada consigo misma al pensar en el futuro que le esperaba.

—Pudiste detenerlos. Avisarme. Te habría llevado lejos.

—¿Para qué? ¿Para vivir como esclavos y pasar más hambre que los perros? ¿Qué tendría a tu lado? —escupía Miether sin compasión, reduciéndolo a lo que para ella era. Basura—. Jamás me arrastraría como tú o tu hermana. —La rabia, el odio, la repulsión que mostró lo hirió, aunque no por él mismo. No, el gran error fue mentar a Ania, quien en ese instante pagaba un alto precio por quererlo.

Trató de alejarse, de girarse e irse.

«Destrúyela». Era una voz diferente, animal, destructora. «No está arrepentida, no por ti».

—¿Alguna vez pensaste en advertirme?

—¿Para qué? Se harían preguntas que no estaba dispuesta a responder. Ahora lárgate antes de que grite —soltó Miether

altiva, sabiéndose protegida por decenas de hombres que acudirían a su llamada.

Su corazón tenía tatuado su nombre con fuerza y, con la misma intensidad que ansiaba sus labios, ahora deseó desgarrarlos. Antes de pensar en lo que hacía, estaba sobre ella, tirando de su mandíbula hasta que el hueso cedió, dejando al descubierto la lengua ponzoñosa que tanto daño causó.

La sangre hizo que los ojos de Deo se volvieran plateados, brillando metálicamente bajo la luz de la luna. Era hipnótico, se acercó al líquido que brotaba mientras Miether gruñía y lloraba, tratando de pelear contra quien no notaba sus manos empujando sobre su pecho.

La probó.

Una mano de Miether buscó alejar la boca de ella, quedando peligrosamente cerca de sus colmillos. Deo la cazó al vuelo, clavando los dientes y bebiendo con gula. Se llenó la boca y engulló hasta que ese repiqueteo constante se debilitó, extinguiéndose un minuto después.

Parpadeó y se puso en pie, empapado en los restos de una joven que ya no trataba de reírse. Quiso sentir algo parecido a la pena, mas solo le quedaba apatía. Regresó al pueblo con pasos lentos y los brazos abiertos.

Los hombres que lo vieron llegar intentaron de llegar a las armas. Corrieron y gritaron, despertando a los pocos beodos que ya estaban caídos. También las mujeres se pusieron en pie, muchas sabiendo que era dios castigándolas, aunque todas pensando solo en proteger a los niños que dormían dentro.

Diez minutos después, ya solo quedaban tres hembras en pie, espalda con espalda. Una sostenía una hoz, el resto con las manos vacías.

—Es un demonio… —gimió la primera, echándose a llorar.

—Un espíritu vengador —la corrigió la segunda, pero fue la tercera la que, mostrando una valentía sorprendente, rompió la formación y se acercó. El joven que conocía seguía allí, necesitaba creerlo. No esperaba piedad, al fin y al cabo, ellos tampoco la mostraron. Sin embargo, tenía que intentarlo.

—Me confieso culpable —comenzó Caya, bajando los brazos y dando un par de zancadas más—. El arrepentimiento no exculpa mi pecado y acepto el castigo, pero suplico por las vidas de los inocentes que quedan sin consuelo ni protección. Tú, mejor que nadie, conoce las consecuencias de perder a los únicos que pueden protegerlos.

El monstruo que se había desatado bajo su piel, inclinó la cabeza. Algo brilló bajo las negras pupilas, sufriendo ante un recuerdo lejano.

»Los peligros a los que se expondrán son numerosos, pero tendrán una oportunidad si les perdonas la vida. Ten la piedad que nadie mostró contigo. —Se dejó caer de rodillas, sin sentir las piedras clavándose en su piel.

La que sostenía la hoz frunció el ceño con asco, incapaz de someterse ante alguien como Deo. La otra, en cambio, también se plegó. Antes de despegar los labios, Deo ya le había arrancado la cabeza a la de la hoz, dejándola rodar lejos.

Puso distancia, sabiendo que no serviría de nada. Dejó varios cuerpos entre ambos antes de volver a posar sus plateados iris sobre Caya, recordando las veces que, antaño, conversaron. Poseía un buen corazón, aunque ya no lo tenía tan claro. ¿Cómo podía existir bondad en un pueblo capaz de quemar vivo a un inocente?

—Apenas soporto miraros —rugió Deo, con la voz tomada y rasposa. Los dientes escapaban de su prisión y no se había

molestado en limpiarse el rostro.

—Ellos no son culpables. Es tarde para nosotras, pero ellos...

—¿Por qué habría de importarme? —No obstante, no se movió. Miró las casas que, en pie, guardaban los cuerpos de pequeños niños y niñas, que se escondían bajo los camastros o allí donde la oscuridad los ocultaba.

—Le imploro al muchacho bueno que disfrutaba saltando desde lo alto de los árboles. Al mismo que, sin pensar en el frío, corrió a buscar a su perro cuando se perdió. Al joven que sigue ahí, es a él a quien le hablo.

El rostro de Ania acudió entonces, pues fue ella la única que accedió a acompañarlo. ¿Qué pensaría su hermana de la devastación que causó? Empezó a dudar y Caya redobló sus esfuerzos. Lo estudiaba detenidamente, leyendo en el movimiento felino de sus ojos.

—Ellos... morirán con la llegada de las nieves —susurró Deo, más consciente de sí mismo.

—No. Los llevaremos lejos, pediremos auxilio en los pueblos vecinos, achacando lo sucedido al ataque de lobos —le explicó ella—. No será fácil, pero me dejaré la piel para lograr que todos tengan un mañana.

—Nos la dejaremos —logró entonar la otra joven.

Deo dejó de lado la postura combativa y les dio la espalda. El fuego se extendió por múltiples puntos, la noche pronto daría a su fin. Debía regresar, Ania estaría preguntándose dónde andaba.

—Yo os ayudaré. Os daré riquezas suficientes y una protección que solo el demonio puede conceder. —¿Era su expiación? No, él no se arrepentía.

Capítulo 7

La noche seguía avanzando. Las estrellas estaban escondidas y, sin embargo, la belleza era espectacular. Chloe se revolvió entre sus brazos hasta quedar frente a frente. Lo oteó sin despegar los labios, usando esos ojos negros que tanto le gustaban a Deo para desarmarlo.

—Temo regresar y enfrentarme a una vida sin ella —confesó cansada, dejando caer el rostro hacia delante, apoyando la cabeza en el duro pecho del inmortal.

—La muerte es natural.

Chloe se tensó, ambos lo hicieron. No comprendía cómo, el hombre cercano y amable que había compartido con ella su pasado, perdía la empatía de golpe. Había un inmenso muro a su alrededor y, de nuevo, lo había izado.

—¿Cómo puedes ser tan hipócrita? En tus manos estuvo la posibilidad de protegerla y no lo hiciste.

—Creí que Simón no se atrevería a ir tan lejos. De hacerlo, el castigo sería de pena capital. —Endureció el tono, alejándose sin hacerlo, no físicamente.

—¿Qué... qué sucede con los que él haya transformado? —Se sintió ridícula al hacer la pregunta, como si todavía no pudiera creerse, del todo, que los vampiros existieran.

—La mayoría de las veces son eliminados con su creador. Tienden a ser...

—No te detengas. Ten los cojones de soltarlo. Dime en qué se ha convertido mi amiga, mi única familia. ¿En qué se ha transformado? —lo enfrentó sin miedo, con furia. En el fondo temía que tuviera razón, aferrándose a una esperanza que se negaba a desaparecer. Necesitaba creer en los imposibles.

—Rebeldes e incontrolables. Seres, tan sedientos de sangre que, de ser dejados libres, atraerían demasiado la atención.

—No como un tipejo saltando desde una azotea... Claro. —Se cruzó de brazos en un intento de distanciarse. Perdiendo el aliento cuando Deo se aproximó tanto que los labios masculinos rozaron los propios.

—Compartí quien era, también quien no podré ser por mucho que me gustaría. No por ello permitiré que uses lo que sabes en mi contra —recitó sobre sus labios, acariciándolos con cada mordaz palabra. La confundía una y otra vez.

Esta vez no dejó que la amedrentase. Le replicó usando sus estrategias, rozando los finos labios, ansiando morderlos y rasgar la piel. Esa fuerza invisible que le suplicaba que dejase atrás la contención pues, en ocasiones, solo se dilata lo inevitable.

—Jugaré todas las cartas que tengo, sin importarme quien caiga, para que ella regrese a casa. El cómo ha dejado de importarme. —Aferró el labio inferior del inmortal, una estatua perfecta e inamovible que, mucho temía, llegado el momento le fallaría.

Sin embargo, Chloe se enfrentaría a todos sus miedos, como hizo desde que tenía uso de razón.

«Llegará un día en el que uno de los dos muera a manos del otro, lo siento en el alma», pensó ella.

Lo lamió y entró en su boca. Él le daba acceso y ella lo tomó. Lo besó con toda la rabia que la consumía, la impotencia la alimentaba, tornándola impredecible.

Aferrándose a los negros y lacios cabellos del inmortal, colocó las piernas a ambos lados de sus caderas.

»Dime, cuéntame cómo puedo matar a los tuyos... —ronroneó sinuosa, meciéndose sobre la dureza que no dejaba de crecer—. Qué tengo que hacer para acabar con un inmortal.

—Temo que con dos sean suficientes las veces que dejé mi vida en manos de una mujer. Puede que tus encantos me hayan cegado, pero he aprendido mucho desde que era ese muchacho —aferró el cuello y apretó, cortándole el aire. Se sentía insultado, quiso acabar con ella pues también tuvo la tentación de responder.

—Parece que sigues siendo el monstruo, después de todo... —escupió Chloe, tosiendo entre jadeos, cuando él la soltó y trató de recuperar el aire—. Golpeas con virulencia esperando que todo sea perdonado.

—Esperas mucho de un completo desconocido.

La tomó y regresó a la mansión. La dejó ante el dormitorio y se giró, el sonido del teléfono los sorprendió a ambos.

Descolgó sin alejarse, Chloe aprovechó para afilar su oído y cazar palabras imprevistas.

—Hemos recibido un vídeo que debe ver. Hemos encontrado a la joven. —Al otro lado de la línea, una mujer temblaba de pies a cabeza. Ella, que apenas sabía lo que era la maldad, todavía sentía arcadas, a pesar de que no le quedaba nada en el estómago—. Le manda un mensaje y ha puesto una cuenta atrás.

—Estaré ahí en un par de minutos. —Iba a cortar la comunicación, dos finas manos aferraron su brazo y se colgaron de él. Su duda dio tiempo suficiente a Dana para añadir:

—Señor, no permita que suceda. Apenas son niños y las imágenes que acompañan al correo son aterradoras...

Hizo trizas el teléfono antes de volverse hacia Chloe. La tomó por el brazo y la empujó hacia la habitación, haciéndola caer de rodillas. Ella no se rindió, se puso en pie y regresó ante la bestia.

—Te perseguiré. Encontraré la forma de averiguar lo que descubrieron.

—Si me sigues... —Se alejó cual rayo y ella corrió al despacho. Se lanzó sobre el teclado y conectó el teléfono. La pantalla se iluminó, localizó la red oculta y estaba a punto de encontrar el dichoso archivo cuando Deo dio tres sonoros pasos hacia ella, haciendo notar su presencia—. Me informaron de un acceso desconocido. No te creí tan hábil.

—No deberías subestimarme —siseó con dedos trémulos, viéndolo por primera vez como al enemigo.

¡Lo encontró! Al fin lo tenía, solo debía reproducirlo. Ahogándose, mirándolo a los ojos y sintiendo el reto en el aire, le gritó a su dedo para que actuara.

¡Era su voz! Marta...

Se llevó las manos a la boca para ahogar el gemido, olvidando su supervivencia. «Está más hermosa que nunca».

Parecía ella, se movía como ella, pero su mirada carecía de luz. Su voz era fría, autómata.

—Dispones de doce horas para presentarte en el lugar que comenzó todo o estos diez muchachos —el plano de la cámara cambió, mostrando los cuerpos inertes, esparcidos por el suelo. Tras un minuto, el rostro de Marta volvía a estar en el centro de la pantalla— morirán. Puede que no sean nadie para ti... —comentó encogiéndose de hombros, casi pareciera disfrutar de la situación, de la idea de hincarles el diente. De pronto, cambió. Le temblaron los dedos, echó un vistazo a su derecha y el miedo quedó patente en ese rostro que Chloe tanto amaba. Se le rompió la voz, volviendo a ser la mujer que ella conocía—. Si no apareces... —Alzó una imagen de ambas, felices, abrazadas—. Será la única descendiente viva de Bix la que acabe pagándolo.

Deo estaba ahí, tras ella. Chloe lo notó cerniéndose sobre su cuerpo.

—Miente. Lo sabría —siseó furioso, haciendo retroceder la reproducción varios segundos para que Marta se repitiera hasta la saciedad.

—¿Quién es Bix? —inquirió Chloe, Deo apretó el ratón y lo deshizo entre los dedos. El vídeo estaba a punto de finalizar.

—Si ella llegase a enterarse de que dejaste morir a lo único que queda de su hija, tu señor regresará, dispuesto a cazar a cuantos respetas o aprecias. Una guerra sin precedentes que

Simón está seguro que quieres evitar. —Quería soltar más, Chloe la conocía lo suficiente. Miró a su derecha, se acercó y susurró esperando que solo la tecnología fuese capaz de grabarlo—. Hay un traidor entre tus filas. No confíes en nadie.

La risa masculina la tensó, Simón corrió y la tomó por los rojos cabellos, lanzándola contra la pared. Comenzó a patear su vientre sin que Marta tratase de defenderse.

—Cierto. Me divertiré mucho mientras lo encuentras pues, estoy seguro de que, por el camino, destruirás a los pocos que todavía te aprecian —comentó Simón, abofeteando a Marta antes de que la grabación se detuviera.

Necesitaba buscar si quedaba algún tipo de rastro que pudiera darle una localización, una dirección. Rastreó en los metadatos, hizo cuanto se le ocurría hasta que notó que Deo no se había movido.

Él se acercó a la ventana y observó el horizonte, aunque su mente estaba lejos de allí. Viajó hasta tierras áridas, llenas de animales salvajes y, todavía, lejos de la tan odiada civilización. Allí, Bix y su creador se escondían.

—¿Tienes miedo? —se burló Chloe. La mirada que Deo le lanzó la aterró pues, si existía algo capaz de hacerle temblar, tenía el poder de arrasar con su mundo—. Dime qué sucede. Puedo ayudarte... Tengo recursos a mi alcance que...

—¿Qué podría hacer alguien como tú? —escupió Deo. Deseaba estallar y destrozar la estancia, solo ella lograba mantener su ira bajo control. Temía alejarla, asustarla irremediablemente—. Alguien como tú...

No quería preguntar, no tenía derecho. Podía encontrar la información de mil maneras diferentes, pero debía alejarse para eso.

»¿Qué sabes de tus padres?

Retrocedió mientras pensaba. Se topó con una inmensa estantería llena de libros tras ella, el miedo volvió a su vientre, enredándose en el fondo de sus entrañas.

—No son nadie. —Inconscientemente se acarició la muñeca, donde una fina cicatriz narraba mucho mejor que sus ojos asustados que ese nada escondía secretos.

—Si lo que dicen es cierto... Podrías provocar la furia de seres poderosos, criaturas que, durante siglos, se han negado a formar parte de la civilización. Odian cuanto conoces, solo Bix logra mantener a mi creador lejos... —Las ideas pasaban por su mente y las desechaba. Había un motivo mucho más importante por el que no permitiría que nada le sucediera pues, cuando Marta soltó la amenaza, el pánico que lo atravesó fue real e intenso. No, estaba dispuesto a arriesgar su existencia por mantener a una simple humana con vida, veinte o puede que cincuenta años más.

«Aunque, si he de regresar frente a la muerte, mi creador debe morir también. Llegado el momento daré la orden, será parte de mi testamento». Se recordó confuso, sabiendo que era improbable que lograsen acercarse lo suficiente.

La muerte subestimó a su creación. Puso tanto empeño en el ser oscuro que, ahora, no hacía más que intentos de reproducirlo. En el fondo, también ella temía al ser oscuro.

—No tienes ni idea de quién eres... —susurró antes de tomarla y obligarla a mirarlo. La sostuvo por la cintura, deseando poder evitar que lo descubriera— Si Simón dice la verdad, han colocado una diana en tu espalda.

—No podrán hacerme daño.

—No imaginas de lo qué son capaces. Deja de hacerte la valiente, no es malo temblar y caer. Estaré para sostenerte, no permitiré que dañen a los que se encuentran bajo mi protección.

—¿Y, en qué me diferencio de Marta? ¿Qué es lo que me hace especial?

«Todo». Quiso gritar. En su lugar optó por ser más cauto:

—Me dolería que no tuvieras mañana. De alguna manera si vives existirá algo bonito en el mundo, alguien capaz de ver la luz en seres tan podridos como yo. —Era ella la débil, caduca, la que envolvió su cuello cuando, por primera vez, mostró el terror de despertar en el mundo de los inmortales—. Parece una cruel broma. Con todo lo que he hecho, intentado escapar de quien fui, he caído presa de las miradas de la última descendiente de Bix.

—No. Hace mucho que no tengo familia de sangre. Yo soy yo, me he forjado con mi esfuerzo y nadie... —Renegaba de sus raíces, incapaz de creer que hubiera en su interior algo que la hiciera parecida a su madre. ¿Su padre? Probablemente en algún bar lejano, apurando un par de tragos antes de seducir a otra mujer—. No soy como ellos.

Queriendo dejar atrás la conversación, se puso de puntillas. Había tantos conflictos en el interior de ambos que solo mutuamente podían entenderse. Sin juzgar, alzó la mano y pasó los dedos por la mejilla de su chupasangre.

»Supliqué que existiera alguien en el mundo que se preocupase por mí durante años. Por alguien que apareciera y mejorase mi vida. No más palizas, ni insultos, no más golpes que, de una u otra forma, yo causaba —sonrió tensa, avergonzada todavía—. Cuando ella murió me creí libre, solo que, en ocasiones, lo sucedido todavía me persigue. Es cuanto estoy dispuesta a contar.

—Eres increíble...

Lejos de sentir pena, un orgullo inmenso lo envolvió. Enmarcó el delicado rostro y lo alzó, poniéndola a su alcance. Descendió sobre los voluptuosos labios, con pleitesía y devoción. Un instante mágico, que los zarandeaba de pies a cabeza. Las sensaciones los alzaron, sin notar que caminaban hasta acabar sobre el escritorio.

La sentó y continuó tentándola con la lengua. Se enzarzaron en una húmeda batalla que los hizo gemir y revolverse, tan extasiados que no buscaban más, pues, con esos besos era suficiente.

»¿Eres real o descubriré que me engañas? Temo estarme aferrando, de nuevo, a una mera ilusión.

No le permitió responder. Pasó las manos por sus piernas, llegando a la cadera y tirando de tal forma que se pegase a él. Lo sintió duro, necesitado, demandante. Ahogándose en su boca, jadeó y gruñó.

»Si mi creador interviene el peligro será real. No quiero creerlo posible, no puedo perder esto, sea lo que sea.

—Jajaja. ¿Nunca has echado un polvo?

—No, son conceptos demasiado novedosos para un anciano como yo. Para mí, que ansiaba pasar toda mi vida al lado de mi alma gemela, la idea de acariciar a una desconocida, la idea de besar a quien no me arrebata el aliento, la idea de...

—No sigas o tendré que arrancarte yo la ropa —comentó, acariciando los botones de su camisa—. Entonces... ¿estoy a la altura de tu media naranja?

—Espero que no.

Lo abofeteo y él atrapó la mano, de forma que no pudiera alejarse de su mejilla, para que pudiera transformar el golpe en una caricia.

»De serlo serías mi verdugo. No, tú eres lo opuesto. Mi eternidad, mi calor en medio del frío que recorre mi piel y mi existencia.

Hubo un tiempo en el que cualquier caricia la zarandeaba. Un beso, una muestra de afecto, en aquellos años era una yonqui del amor. Se dejaba querer ansiando migajas, quería creer que no era la misma. Sin embargo, se quedó sin aire y los ojos se le anegaron en lágrimas.

—¿Por qué? Me aterra que estés cumpliendo tu amenaza.

—¿De qué hablas? —preguntó Deo, rozando la nariz femenina con la suya, un toque delicado y lleno de respeto.

—Me encadenas a ti, a tus deseos. En cambio, no temo que me destroces sino quedarme indefensa. Mientras pueda defenderme seré tu igual. —Alzó el rostro, recordando las veces que se había hecho un ovillo deseando desaparecer. La muerte era ese rincón hermoso al que acudía, imaginándose cómo sería. ¿Lloraría por ella? ¿Fingiría, aunque fuera ante los demás, que sufría por la pérdida?— Lo quiero todo.

—Despedázanos y quémanos. Así puedes matarnos —dijo él, a gran velocidad.

Chloe juraría que pudo escuchar las cadenas romperse y los muros caer.

Ella quiso desabrochar los botones, él le ayudó abriendo la camisa de par en par, dejándolos rodar lejos. La ropa de ambos se fue haciendo añicos, reducida a fantasmas olvidados que caían a sus pies.

Se saborearon comenzando en la boca, descendiendo por

el cuello femenino y terminando en su vientre pues, la joven que tan tímida y contenida parecía al principio, tiró de los negros cabellos de su inmortal y lo obligó a alzarse.

Lo quería todo y lo quería ya. Para luego quedaban las caricias y los besos. Si debían conversar sería cuando se sintiera liberada y no presa del ansia, del deseo.

Abrió las piernas, él la miró como si temiera romperla. ¿Y si apretaba demasiado? ¿Y si golpeaba cegado por el placer y le rompía algún hueso?

Tomó las manos de su fría criatura y sonrió. Enlazó los dedos, sin cortar la conexión que se creó. Envolvió la fina cintura masculina con las piernas y lo fue guiando. Deo no podía negarle nada y dio el último paso, ambos contuvieron el aliento ante las sensaciones.

La llenó por completo, estirando sus paredes internas, que lo estrujaban sin compasión.

—Fuerte y sin parar. Si me duele te aviso —comentó con ligereza ella, guiñándole un ojo y dándole una sonora nalgada—. ¡A cabalgar semental mío!

¡Estaba loca!

Se movió nervioso, tenso, incómodo al principio. Ella lo besó y descubrió que había mucho más placer en un movimiento de lengua o un gemido del que, hasta entonces, creía. Lo anotaba todo, lo percibía todo.

El gemido lastimero, desesperado, que rasgó la garganta femenina al tiempo que echaba la cabeza hacia atrás, le dio la idea. Acudió a la garganta expuesta y mordió, clavó los dientes y la probó, sin ir más lejos.

Entró en su mente pues Chloe se lo permitió. La vio feliz bailando con Marta, después juntas, tomando un café mientras reían. Los recuerdos más hermosos estaban protagonizados por ambas hasta que él llegó, pues también para Deo tenía espacio. Se vio a través de los ojos de Chloe, se deseó y odió sin medida.

Esa mujer soñadora que sostenía, codiciaba con cada fibra de su ser poder verse a sí misma con ojos con los que él la miraba, pero temía demasiado lo que pudiera encontrar de entrar de lleno en la atormentada mente del inmortal.

Volvió a besarla con el regusto de la sangre, se mordió su propia lengua para dejar que ella lo probase.

La dejó tomar el control, mover las caderas y buscar su placer. Tomó de él lo que necesitó y, solo cuando el orgasmo estaba a punto de sobrepasarla, aceleró. Apretó tanto la mesa que estaba a ambos lados de ella que la rompió, usando las astillas que se clavaron en su piel, el tenue dolor, para no perder la cabeza.

Cayeron sin paracaídas, sabiendo que el placer era tan inmenso como aterrador. Juntos, enredados y asustados por el después. Se besaron para aplacar las mentes, alejaron el mañana y permitieron que la corriente recorriera sus huesos, músculos y piel. Aunaron esfuerzos en ese último segundo, el decisivo.

Se poseyeron como nunca antes lograron con otro ser vivo, compartiendo partes que desconocían.

—¿Estás bien? —preguntó preocupado, apartando el pelo revuelto del rostro sonrojado de la mujer más bonita del mundo.

—Cansada, tomaré un café, o diez —cuchicheó entre dientes— y estaré lista para continuar. Si esperabas que te dejase solo, enfrentándote al cabrón que tiene a mi amiga, es que no me conoces. —Se detuvo a pensarlo y sus labios se estiraron—. Cierto, no es que me conozcas mucho. Te haré un resumen. Alocada, cabezota y muy capaz de ponerte contra las cuerdas.

Deo alzó los ojos al techo.

—Podrías darme, al menos, tiempo para ponerme los pantalones antes de empezar a tocarme las narices... —Aunque, por algún motivo, puede que no tan desconocido para los presentes, fue incapaz de molestarse.

—Creí que los chupasangres erais más rápidos.

—Y yo, que eso no era una virtud. —Desnuda y plena, Chloe caminó sin complejos hasta la puerta. No le avergonzaba que la mirase, sino que la juzgase. Él podía percibir sus estrías, esas líneas que surcaban sus glúteos o el eterno vibrar que se empeñaban en producir. Temía los defectos que, si lo pensaba, la convertían en real.

Él la siguió hipnotizado, entrando en el dormitorio y viéndola escoger una de sus camisas.

»Dejé ropa para ti.

—Esta conserva tu olor, aunque los pantalones y ropa interior los agradezco. —Pasando por alto el fruncir de ceño, Chloe llegó ante el espejo del baño y comprendió que no permitiría que nadie la hiciera dudar de lo que valía. Le costó demasiado recuperar el amor propio e, incluso si el ser que estaba a su vera era perfecto en toda la amplitud de la palabra, ella no se quedaba atrás. Su piel poseía más variedad de colores, sus manos temblaban y puede que fueran más débiles, no obstante, poseían una delicadeza que él no recuperaría nunca. Además, ese modelo que, en calzoncillos, la vigilaba no gozaba de sus conocimientos ni de lejos.

Capítulo 8

Se alejó como pudo de su captor, pero estaba en todas partes. Marta lloró lágrimas de sangre pues, una vez el apetito voraz se desvanecía, los cuerpos tomaban forma y los rostros regresaban.

Simón se burlaba de ella, tratando de llevarla a la locura.

—Al inicio el hambre es peor. Esa necesidad nos consume, nos transforma en animales, que olvidan cómo o quienes son —se mofó al tiempo que se lo explicaba. Necesitaba compartir sus pensamientos con alguien y su ratoncita no sobreviviría lo suficiente.

—Déjame comer... No puedo soportarlo. La luz me hace daño y...

—Tranquila. En unas horas podrás saciar tu apetito. ¿La quieres ya?

—No puedo hacerle daño. A ella no... —Un nuevo golpe

le partió el labio y la lanzó por los aires. Era una muñeca desvencijada, quebrada que, tras el cambio, soportaba lo indecible. Le rompió tantos huesos en la última hora que dejó de gritar, de alzar las manos.

Marta se puso en pie meciéndose. Alzó el mentón y se preguntó dónde estaba su límite.

—La conozco, no conseguirás quebrarla. Encontrará el modo de vencerte. —«Y me odiará cuando sepa lo que hice». ¿Cómo explicarle que no podía ver ni razonar cuando le rasgó la garganta a los dos hombres que Simón lanzó a sus pies? Necesitaba creer que se lo merecían, aunque dudaba que fuera tan sencillo.

Saltó hacia atrás, esquivando un puñetazo, fue su instinto.

—Cierto, no seré yo quien lo haga. ¿Qué sentirá cuando te descubra indefensa, sin brazos o puede que sin piernas?

—No... por favor... —Estiró ambas manos, suplicaba, comprendiendo, demasiado tarde, que el cabrón sádico disfrutaba mucho más al verla resistirse. En varias ocasiones se planteó la posibilidad de correr lejos, no se veía capaz de vencer y por eso ni siquiera lo intentaba.

La inmovilizó contra el duro suelo de cemento. Usando las rodillas para aplastarla y las manos para tirar y tirar. El crujido la traspasó, bloqueándola, provocando un grito angustioso que se negaba a terminar.

Lanzó su mano lejos, cual basura. Ella la miró temiendo no recuperarla, en shock.

Quiso abstraerse de ese infierno y regresó a su lugar seguro, al pequeño y acogedor piso que llamaba hogar. Se imaginó con Chloe abrazándola mientras veían una película, las conversaciones entre palomitas y las risas de después.

Pero no existía fortaleza mental que resistiera que le arrancasen la otra. Lloró descontroladamente, introdujo los muñones bajos sus axilas y apretó. Incluso así logró ponerse en pie para llegar a la esquina. Estaba cansada de luchar, pero sin posibilidad de rendirse.

«Por favor, Chloe, encuéntrame y perdóname. No me dejes sola... Tengo tanto miedo...». Seguía siendo ella, la ella de siempre, perdida entre la necesidad de alimentarse, el pavor y esa furia descontrolada. El dolor sin fin, una cruel broma del destino.

«Si pudiera volver... Extraño tu forma de regañarme por no tirar de la cadena o dejar los pelos en el lavabo. Por favor...»

Antes se arrancaría los dientes, que herirla. No, no era posible, no sería capaz...

La imagen de cómo sucedería se formó en su mente, por mucho que trató de evitarlo. Nunca soltó lágrimas tan ácidas, la quemaban y ahogaban pues, en el fondo, la criatura que se revolvía bajo su piel estaba más que dispuesta a acabar con el que se pusiera en medio con tal de sobrevivir.

Simón se alejó y la encerró de nuevo. Las puertas demasiado gruesas y las ventanas cubiertas por una red invisible e irrompible. Lo primero que perdió fue la noción del tiempo, después la voz de tanto gritar. Solo el sabor de la sangre la reconfortó, al menos durante unos minutos. Por desgracia, con cada trago absorbió recuerdos que no le pertenecían. Simón aseguraba que muy pocos lo lograban, eso no ayudaba con la culpa que quedó atrás.

«Deja de lamentarte», se regañó, gruñéndole a su propia sombra. Dejó la marca en la sucia pared cuando se apoyó en ella, giró la cabeza hacia la izquierda y sonrió despacio. Simón abandonó los cuerpos allí para que no pudiera fingir que eran fruto de su imaginación y, puede, que esa fuera la salida que buscaba. «Uno de ellos trabajaba para el cabrón y más de lo suyos». Quiso centrarse en los recuerdos obtenidos, pero eran un completo caos.

La mente del pobre diablo era un galimatías que, por más que intentó ordenar, la confundía más de lo que estaba antes. El mareo la llevó a doblarse en dos, temiendo demasiado vomitar la poca sangre que quedaba en su interior y había tenido un coste tan alto.

«Chloe, no me reducirá a un ser sin alma. Te daré más tiempo y, de paso, trataré de ayudarnos a ambas». El mundo insistía en cargar contra ellas, endureciéndolas con cada golpe.

El asco la hizo temblar cuando, con pasos trémulos, se puso sobre el cadáver del moreno. Sus ojos, abiertos, atravesaban el techo pues él, a diferencia de Marta, sí que pudo escapar de allí.

Se dejó caer de rodillas, las medias que antes cubrían sus piernas eran ahora historia antigua. Se inclinó y pasó los dedos por el rostro frío e inerte, se concentró en él y en las imágenes, caóticas, que asaltaron sus neuronas.

Lo intentaría cuantas veces fuera preciso, al fin y al cabo, tiempo era lo único que le regalaron a raudales.

Cual invitada indeseable, se vio a sí misma en un pasado que no le pertenecía. Incluso era capaz de escuchar los recuerdos que antaño fueron de su víctima. La voz, impregnada en miedo y excitación, era el narrador de fondo.

Estaba en una sala amplia, moderna y minimalista. Los pocos humanos que había allí mantenían la cabeza gacha, una postura de sumisión permanente. Marcos, pues de pronto estaba segura de que ese era su nombre, dejó un sobre en manos de un gorila inmenso, que se lo llevó a sus amos.

—¿Ha sido verificado? —preguntó un Alonzo tenso, nervioso e impredecible. Incluso sabiendo quién era fue evidente el deseo que provocaba en las mujeres, el pelo, lacio y negro, del inmortal cayó ante sus ojos cuando se inclinó para olfatear la bufanda verde que extrajo del paquete.

Reconoció esa bufanda al igual que supo a quién pertenecía. Marta notaba cómo la imagen se deformaba, sus fuerzas fallaban y pronto caería inconsciente. Apretó los dientes y se aproximó al ser de negros ojos que, antes de despegar sus gruesos labios, tomó la mano de la joven que estaba a su derecha. Sumisa, ella no se movió cuando el cabrón mordió su muñeca.

»Debe ser nuestra.

Marcos asintió.

—Daré la orden. Antes del anochecer podrá...

—¡No! —rugió Alonzo. Se puso en pie y les dio la espalda—. Ella será la causa.

—Si actuamos de día sería sencillo lograr atraparla sin llamar la atención. Las autoridades achacarán la desaparición a una huida precipitada. No la buscarán —recapacitó Marcos en voz alta.

La sonrisa que Alonzo lucía al girarse era tensa, congelada en un rictus que mostraba las ganas que lo atravesaron de arrancarle la cabeza al osado. En su lugar, alzó el tono cuando siseó:

—Marcus se encargará y tú... —Redujo la distancia que los separaba y pasó el índice por la garganta masculina. Sería tan sencillo que le resultó aburrido, se tomó su tiempo hasta

que el temblor que causó en Marcos fue evidente—. Tienes el papel más importante. Cuando ella sea nuestra, necesitará alimentarse…

—Señor… —suplicó Marcos. Su garganta falló ante la mirada fría que recibió, aunque por dentro gritaba.

«¡Es injusto! ¡Hice todo lo que me pidieron!», Marcos se debatía entre tratar de huir o creer que tenía posibilidades de convencerlos. Optó por la segunda opción pues, en el fondo, solo así podía justificar esa ansia de sangre que lo acompañó toda su vida. El hombre que, con sonrisa tímida, se arrastraba era completamente diferente cuando se sentía cómodo.

Marta retrocedió ante la revelación.

—Es un asesino… —Con sentimientos encontrados, Marta trató de centrar su mirada en el vampiro que, justo entonces, regresaba a la silla. Si bien la culpa por sus propios actos se diluyó un poco, el rostro de la joven que Marcos enterró meses antes en su patio trasero fue un fantasma más con el que cargaría.

Ni Marcos sentía remordimientos por sus actos ni Marta pudo continuar.

—Atraparemos a to… —«Aguanta, solo un poco más», se suplicó Marta a sí misma. Si bien se aferró con uñas y dientes, la voz dejó de tener sentido. Las palabras estaban ahí, solo que no las alcanzaba.

Se alejó gritando, dejándose caer de culo. Fueron las preguntas que no hizo las que obtuvieron respuesta. Marcos fue testigo en múltiples ocasiones de lo que los cabrones hacían con *la comida* y quiso creer que ella era capaz de detenerlos.

Sonrió dejándose atrapar por los deseos. Chloe y ella

inventaron el juego hace mucho tiempo. Soñaron con cómo sería ser millonarias, que harían con el dinero, para pasar a anhelos mucho más sencillos. En esta ocasión Marta comprendió que era todavía más imposible lograrlo, pero se reconfortó en ellos.

Dejó caer los párpados y suspiró, buscó normalizar su respiración. Chloe estaba ahí, tenía que estarlo. La regañaría, para abrazarla a continuación y no soltarla nunca.

—Intenté escapar cuando descubrí lo que era —comenzó Marta—. Fui débil y ahora me usarán en tu contra. Si es necesario... debes dejarme morir...

Sollozó pues sabía que, sin importar lo que sucediera, Chloe no se antepondría. Y quiso creer que juntas podían vencer que, sin manos, tendría la fuerza suficiente para protegerla.

No era real, aunque, en ocasiones, eso no importa. Chloe estaba ahí y la envolvía con los brazos. Aseguraba que lo habían logrado y asintió sin más, necesitando mantener el silencio para no mentir.

—¡Menudos sustos me das! La próxima vez te arranco yo la cabeza —la amenazó con dulzura, antes de dejar un beso en su mejilla.

Chloe la arrastró hasta un sofá y ambas aparecieron de pronto en su salón. La manta rosada que tanto odiaba las esperaba, se dejó envolver y el ruido de televisión de fondo la relajó.

»No pienses más en lo ocurrido. Nadie los echará de menos —añadió suavemente Chloe, sentándose a su espalda y cepillándole el cabello.

—Sigo esperando que no aparezcas... —susurró Marta con

el rostro caído. Los dedos de Chloe se movían por su cabeza, trenzando y realizando un recogido de los suyos.

—No siempre es fácil enfrentar lo que nos aterra. ¿Recuerdas cuando temía salir de casa? El miedo a lo que pudiera encontrar me paralizaba. —Juntas, se pasaron tardes enteras en la entrada. Cada paso al exterior era un abismo inmenso, horas eternas en las que Marta tuvo una paciencia infinita.

Tras encontrar a Chloe a dos portales de su casa, defendiéndose con uñas y dientes de un cabrón, la llevó a su piso. Lo que solo serían unas horas se fue alargando, sin que la madre de ella se preguntase a dónde fue a parar su hija. Chloe apenas tomaba un par de bocados antes de apartar el plato, sin embargo, lloraba durante horas. Estaba tan rota que, cuando se supo a salvo, se negó a avanzar.

»¿Recuerdas lo que me dijiste?

«Una de las múltiples estupideces o frases hechas que no tienen sentido», bufaba Marta por dentro.

—Justo porque es lo que todos esperan no te rendirás. Les demostrarás que eres fuerte, una superviviente. Comprenderán que eres mucho mejor que ellos —rumió Marta, hundiendo la cabeza entre los brazos—. Eran gilipolleces.

—A mí me devolviste la vida.

Alzó los ojos y tembló ante lo que encontró. De la comisura de la boca de Chloe caía un hilillo de sangre, mas era la raja que surcaba su cuello y la forma en la que la cabeza amenazaba con salir rodando ante el más mínimo movimiento lo que la hizo temblar.

Los dientes, afilados y peligrosos, emergieron en el interior de su boca.

—¡Oh dios! ¡Chloe!

—¿Qué sucede? —Seguía luciendo la misma sonrisa acogedora, esa alegría contagiosa que convertía en imposible de creer que hubo un día en el que deseaba morir.

—¡Lo siento tanto! —gimió avergonzada. De pronto, sus manos estaban pringosas y un fluido cálido descendía por su mentón, impregnando su pecho.

Lo que debería ser un hermoso sueño, mutó hasta convertirse en pesadilla, donde ella era el peor de los demonios.

Chloe se puso en pie y dio un traspiés, cayendo a pocos metros. Los ojos negros de su amiga la observaban, con un inmenso ¿por qué? escrito en ellos.

»Lo evitaré. Antes de perderte me... acabaré conmigo. —Jugó con los dedos, avergonzada por su debilidad—. Solo quiero verte por última vez. Tenerte a mi lado, saber que no te pasarás una eternidad preguntándote que me ha sucedido.

—Marta... —gemía una Chloe moribunda.

—Prométeme que me olvidarás. Nunca fui tan virtuosa como pensabas, veías solo lo bueno que había en mí y por eso te estaré agradecida siempre. A mí manera traté de estar a la altura. —Se acercó e inclinó, dejando un cuchillo entre las frías y sudadas manos de Chloe—. Hazlo. Debes ser tú.

Fue Marta la que dirigió las manos y el cuchillo hacia su cuello. Apretó hasta que el filo se incrustó en la carne y tomó aire.

»Hazlo. No me dolerá. Todo saldrá bien —repitió en bucle.

La sonrisa de Chloe se tornó despiadada, también su actitud cambió. La mano de su amiga tomó con firmeza el acero y acercó la boca a su oreja. Si no le quedaban lágrimas no lo parecía:

—Me llevaste a una trampa y acabaste conmigo. Ahora eres como ellos, has perdido tu alma.

El grito agudo reverberó en las paredes. Despertándose de sopetón, tardó un instante en comprender que no era real y, aun así, buscó en las esquinas un rostro conocido. Estaba al borde del colapso, aunque nunca llegaba.

¿El problema? Puede que siguiera con vida, pero también estaba encerrada y sin posibilidades de alimentarse. El hambre crecía y, a cada minuto, su autocontrol se debilitaba.

«Chloe... No quiero ser yo...»

Capítulo 9

No le preocupó no tener noticias, al principio al menos.

Gael regresó ante la pantalla, que no dejaba de emitir un molesto pitido. El mensaje era esperanzador, aunque él permaneciera frío mientras respondía.

Su Nick era una broma que solo él llegaba a comprender.

K2Bit: ¿Cómo confiar en tu palabra? Necesito pruebas.

Sin desconectarse, se dirigió hacia la nevera y tomó una cerveza. El refrescante brebaje, descendió por su garganta antes incluso de desayunar. Dejó la lata al lado del teclado un minuto, recostándose satisfecho en la silla después.

K2Bit: No te preocupes. Yo mismo puedo buscarlas.

Blood&Fear: ¿El dinero sigue en pie?

«¡Cómo no! Te daré lo que no tengo, no te jode. Venga, cabrón, bailemos un rato». Gael abrió una consola y estiró el brazo, necesitando algo de inspiración. Vació la cerveza y la lanzó lejos, sin preocuparse de haber encestado o no.

Al fondo, los altavoces, que colocó dos años antes en las paredes, resonaban con fuerza.

K2Bit: No lo sé, ¿eres capaz de mantener bajo llave tus secretos?

Buscó el hilito del que tirar, encontrando mucho más que eso. Una vez entró, el cabrón que estaba al otro lado fue incapaz de detenerlo, solo que todavía no se había dado cuenta.

K2Bit: ¡Es sorprendente lo que uno puede aprender de una persona al entrar en lo que teme que se sepa! Depravado es poco, pero, por tus búsquedas, ¿quieres huir? 1.000.000 sería suficiente para empezar una buena vida... para la mayoría, aunque hay enemigos que no pueden ser esquivados.

Sin embargo, lo que halló era pura paja. Imágenes aterradoras que no tenían detalles interesantes, lejos de un extra de sangre. Gael estiró los brazos sobre la cabeza, estaba buscando ideas.

Blood&Fear: No tienes ni idea de lo que estás haciendo... ¡Puedo darte lo que buscas! Aunque te recomiendo que lo dejes correr.

K2Bit: Solo quien es culpable puede tener la información que necesito. Una dirección sería lo más adecuado.

Blood&Fear: Te enviaré a morir.

Desde que Gael supo que los vampiros existían estaba dispuesto a todo por encontrarlos. Si bien era un consumidor habitual de la ciencia ficción, donde los humanos lograban vencer ante auténticos seres de matar, él no era tan ingenuo. Reduciría el lugar a cenizas de ser necesario y se había hecho con todo un arsenal.

Blood&Fear: Mucho me temo que ya nadie está a salvo. Pronto la ciudad será pasto de las llamas y no me quedaré para verlo.

Había tardado demasiado para soltar tan poco.

K2Bit: ¿Aceptarán, esos que tanto temes, que los dejes? Si fuera yo, ya estaría en tu puerta para no dejar testigos.

Se sintió como el protagonista de una peli mala de acción, donde el tipo, sin saber cómo, logra esquivar todas las balas. Algunas incluso lo rodean, rompiendo todas las reglas de la física.

Blood&Fear: ¡¿Quién eres?! Si te acercas a mí te arrancaré el corazón con las manos.

Aunque… te he mandado un enlace con la información que tanto deseas. Por el pago no has de preocuparte, creo que con tu cadáver será suficiente.

Lo había cabreado de verdad, ¿o no?

Cambió de pantalla, moviéndose a gran velocidad, internándose en la mente de otra persona al tiempo que entraba en sus archivos. Sin embargo, subestimaba a quien le contactó. Estaba tan convencido de ser el vencedor que no se hizo las preguntas adecuadas.

Blood&Fear: Preguntaría cómo has averiguado su existencia, aunque es obvio, al menos ahora que nos conocemos. ¿No crees, Gael?

La cerradura crujió. La puerta salió disparada con fuerza, rebotando contra la pared. Gael se giró, no sin antes bloquear la pantalla.

El piso era un lugar diminuto con lo justo y necesario para sobrevivir. No muy limpio, iluminado o ventilado, era, sin embargo, su hogar, el lugar en el que más seguro debería sentirse.

Se planteó correr hasta el armario y tomar un arma, desechándolo al contemplar a Simón adentrándose en su reino. Era una batalla perdida de antemano y, en el fondo, lo suponía. Entonces lo comprendió, estaba dispuesto a todo por Chloe, incluso sabiendo que ella nunca le correspondería. Un amor destinado a fracasar, anhelándola desde las sombras, fingiendo indiferencia cuando lo que más deseaba era tomarla entre sus brazos.

—¿Decepcionado? —inquirió Simón, achicando los ojos un segundo—. Debo destruir cualquier prueba, aunque pronto todos conocerán nuestra existencia todavía no ha llegado el momento.

—Esperaba un ejército, no a un rubiales de bote, más preocupado por sus músculos que por usar el cerebro. —Señaló una de las múltiples cámaras que había diseminadas por las paredes.

—No te preocupes por las imágenes. Nunca verán la luz. Ahora, dejaré en tus manos una última elección. —Se detuvo y mostró los dientes—. ¿Quieres irte solo? Yo querría morir a lo grande, que la noticia ocupase varias páginas. Quizás, si quemo el edificio entero, ni siquiera encuentren tu cuerpo.

«Me ha tocado el más demente de todos. Si es que nunca he tenido suerte...»

—¡Acaba de una vez, imbécil! Estás tan enamorado de tu propia voz que aburres. ¿Qué? ¿Enfadado? —Retrocedió, aun cuando quiso mantenerse firme en su lugar.

Simón estaba tan furioso que no pensó en hacerlo sufrir. Rasgó el cuello de Gael y la sangre brotó. El informático usó sus últimas fuerzas para llevarlas a un diminuto teclado que guardaba en el bolsillo. No necesitaba mirar para saber dónde debía posar los dedos. Mandó un mensaje a la única que nunca se iba del interior de su cabeza.

Tengo noticias. Te espero en casa.

Le dio a ENTER antes de añadir un te quiero traicionero, puede que por miedo a morir antes de lograr enviar el mensaje. Tampoco recapacitó en las palabras, o lo crueles que estas podrían resultar. Chloe vendría y lo tomaría en sus brazos, estando más juntos que nunca. Puede que incluso lo besase, la idea era tan maravillosa que sonrió.

Simón arrancó la cabeza de Gael y la lanzó a los pies del escritorio. Era un hombre extraño...

Capítulo 10

Deo era un depredador con máscara, un ángel capaz de todo por lo que consideraba suyo.

Los rayos de sol entraban por la ventana y rozaban la alfombra. Hermosos colores se dispersaban por la estancia, haciendo bailar las motas de polvo en el aire. El mundo seguía moviéndose, las personas regresaban al trabajo, o salían de él, inconscientes del peligro que los acechaba.

Deo había asegurado que la guerra era inminente, si no lograban evitarlo, y temía que muchos inocentes caerían sin comprender siquiera lo sucedido. De saber la verdad, ¿la aceptarían o sería más cómodo negarla? Esconder la cabeza y continuar, temiendo demasiado lo que encontrarían de preguntar.

Las profundas ojeras que se dibujaban bajo sus ojos no ayudaban a mejorar su humor. El espejo que descansaba a su izquierda le devolvía un reflejo cansado, a punto de quebrarse, y Chloe no tenía pensado detenerse hasta haber hallado alguna pista.

—No es posible...

Cada vez que creía dar con algo era otro callejón sin salida. La cabeza le dolía y los nervios amenazaban con romperla en dos. Deo seguía pasando por la puerta cada tres o cuatro horas, la miraba y se retiraba. Un ciclo que la sacaba de quicio.

«No es posible que no hayan dejado ningún rastro. Nadie es tan bueno, solo debo hallar la firma, todos tienen una», se recordó, sin dar con esa línea de código que le abriría el cielo. Aquel que envió el mensaje dejó también una serie de imágenes y textos aterradores.

El ego, la vanidad, eran rasgos que incluso los inmortales conservaban. Defectos inherentes a los seres conscientes de sí mismos, mucho más a quienes se creían dioses entre meras ovejas.

El teléfono vibró, tras un ligero vistazo lo tomó entre los dedos. Las palabras que brillaban en la pantalla eran claras y, si alguien era capaz de conseguir información, era Gael.

»Sé que estás escuchando. Tengo noticias, me largo —comentó ella, poniéndose en pie y recuperando la chaqueta de cuero que dejó sobre el respaldo de la silla—. Supongo que, si tratas de acompañarme, te fundirás cual vela de cumpleaños. Ya te contaré lo que descubra.

—No debes creerte todo lo que sale en las películas —gruñó Deo tras ella, robándole el teléfono.

—Al final no te necesito para encontrarla.

—¿Y qué harás? ¿Irrumpirás en el lugar con una estaca y una ristra de ajos? También puedes echarles agua bendita, pero no lograrás nada más que dejarlos más limpios —ironizó abstraído, aunque con los suficientes reflejos para atraparla cuando Chloe trataba de salir por la puerta—. Tenemos dos opciones: te encadeno para mantenerte a salvo o te acompaño, siempre que hagas todo lo que te ordene. Si te digo que te lances al suelo o corras lo harás lo más rápido que puedas.

—¿Me pedirás que te dé la patita? —La esperanza de estar próxima a encontrar a Marta la guiaba, se acercó a Deo y posó las manos en su pecho. Una descarga eléctrica los traspasó, el felino que se escondía en el interior del inmortal se inclinó dispuesto a hincarle el diente.

—Es posible que, a modo de pago, pida mucho más que tu patita —soltó con un gruñido grave, atrapando un mechón rebelde de la joven—. No te confundas, no seré tan agradable si tratas de engañarme o llevarme la contraria ante los míos.

Un roce y la atrapaba, como si una caricia por parte de Deo fuera anestesiante al inicio, para volverse fuego líquido bajo la piel. Una mirada, una sonrisa traviesa o simplemente su presencia, Chloe apenas lograba respirar cuando estaba cerca.

Tras mandar un mensaje, la alzó y pegó a él. Totalmente innecesario, fue una delicia notar cómo se fundía contra su piel. Las suaves curvas encajaban a la perfección.

—Las leyendas decían la verdad. En las horas oscuras, cuando los rumores nos volvieron reales a ojos de los aldeanos, no solían vernos de día, sin embargo, era más por precaución que porque la luz solar nos dañase. —Posó los labios en el lóbulo de la oreja femenina al tiempo que avanzaba con ella hasta la puerta de la mansión. Abrió la boca y clavó el colmillo, lo justo para extraer una gota de sangre. Tan pronto la deliciosa substancia rozó su lengua el color de los ojos de Deo lo delató—. Si bien aseguraban que éramos hermosos, también nos llamaban asesinos.

—Los ojos os traicionan —comprendió ella.

—Muchos perecieron a causa del hambre y a la astucia demostrada por los tuyos. La sangre los cegaba lo suficiente para que les cortasen la cabeza, después los quemaban para no dejar rastro, incapaces de aceptar que existiéramos. —El fuego era su mayor temor y, al mismo tiempo, lo fascinaba. Las llamas meciéndose incontrolables, lamiendo todo lo que estaba a su alcance para consumirlo, deformándolo a su antojo—. El sol nos odia porque muestra lo que el mundo teme. Lo desconocido, lo diferente, lo que ansían en secreto. Tenemos un poder que a los tuyos les aterra y seduce a partes iguales.

—Supongo que a nadie le apetece ser el entrante de un... ser tan glorioso y superior. —Chloe alzó los ojos y, sin miedo, envolvió el cuello del inmortal—. ¿Recuerdas lo que es tener fecha de caducidad?

Rozó los labios de su estatua viviente. Juguetona, usó las piernas para pegarse todavía más, envolviendo la fina cintura.

»Yo no temo a los tuyos porque me niego a daros tanto poder en mi vida. Si he de morir lo haré, pero plantaré batalla con todos los medios que tenga a mi alcance. ¿Nos ves débiles porque nos rompemos? Yo os veo arrogantes, inflexibles y anticuados. Buscáis desesperadamente algo que os haga sentir vivos sin desear estarlo del todo.

—¿Es eso lo que hago? —Enmarcó el rostro de su humana, de su cachorra. De querer, le rompería todos los huesos sin esfuerzo. Cual polilla, podía hacerla desaparecer y, quizás que fuera tan efímera, era lo que la convertía en un tesoro a proteger—. Eres un juguete entretenido. Han pasado décadas desde la última vez en que alguien me atrapó como tú y no quiero terminar con nuestro intercambio, todavía...

Algo oscuro apareció en el atractivo rostro de Deo.

»No me obligues a tener que escoger pues, por muy agradable que sea tu compañía, no dejas de ser una mariposa en un nido de serpientes y te devoraré sin dudarlo.

—Muy gráfico.

—Hace mil vidas fui soldado a ojos del mundo. Aprendí mucho en esos años, antes de fingir mi propia muerte y cambiar de nombre. ¿Sabes lo que me enseñaron los tuyos en aquel entonces? —Chloe se encogió de hombros—. Aseguraban que, en ocasiones, hay que sacrificar una vida por la de muchos.

—Un bien mayor.

—La excusa de los poderosos, los que se ocultan tras esas almas valientes que nunca obtienen su recompensa. No, querida. —Acercó la nariz a los labios femenino y aspiró su aroma. Contenía toques que era incapaz de reconocer, por más que lo intentaba—. Por mí, el mundo puede arder si logro salvar a quienes amo realmente. Convertiría en cenizas cuanto conozco por mi hermana.

Que Chloe bajase la cabeza no significaba que se plegase, sino que no veía sentido a seguir prolongando la conversación. En algún punto de su mente, Deo sabía que estaba dilatando la salida pues temía demasiado que a Chloe le sucediera algo, pero también temía dejarla atrás y no estar ahí si ella necesitaba ayuda. Ante una decisión imposible prefería tenerla a su vera.

»No se te da bien fingir… —musitó sobre ella.

La sonrisa traviesa de la joven fue contagiosa.

»Ni lo pienses, cachorra. Conmigo no has tenido la necesidad.

La dejó sobre el asiento del copiloto y arrancó. Odiaba tener que hacer las cosas por el método tradicional, normalmente mucho más lento. Lo que podría arreglar en un minuto le llevaba diez, y eso si no se daba de bruces con un atasco. ¿Lo peor? Cuando una cincuentona, con mal carácter y peor noción sobre las reglas de tráfico, decidía que un semáforo en ámbar significaba acelera y la línea continua que separa los carriles no existe.

Deo accionó el claxon como si no hubiera mañana.

Era extraño llevar a cabo cosas tan mundanas como conducir con ella. Deo se recolocó las gafas de sol, un gesto que delataba su nerviosismo.

—Creo que te ha hecho la puñeta. ¿A esa le mandarás un par de sicarios o aparecerás esta noche en su casa para castigarla? —preguntó Chloe, alzando las cejas, insinuante— Por uno u otro motivo, si se despierta y te encuentra sobre ella la palma.

—Muy graciosa.

—Si no fuera porque es imposible juraría que tienes ganas de pegarle a alguien.

Los coches seguían amontonándose. La cola era cada vez mayor y Deo se vio inmovilizado, deseando abrir la puerta, cogerla en brazos, y saltar lejos.

»Algún que otro puñetazo serían desestresante, pero temo que les romperías más que la nariz. ¡Aunque seguro que te suben a youtube y se vuelve viral! —se rio con su propia broma—. Perdona, perdona. Cuando estoy nerviosa tiendo a soltar estupideces.

—¿Solo cuando estás nerviosa? —Chloe golpeó su brazo, aunque habría sido más efectivo si hubiera tomado el coche como diana.

—Gael suele ser enigmático… —No obstante, había algo que no encajaba y su mente no paraba de darle vueltas. Era como un grano, que no dejaba de escocer en el interior de su cabeza hasta que averiguase de qué se trataba—. Y un presuntuoso. Lo suyo sería que hubiese mandado una gran parrafada en la que se vanagloriaría por lograrlo antes que yo. No es propio de él ser tan…escueto.

—Quizás lo que encontró le superó. Es normal que los tu… que se asustase.

Se giró en el asiento para mirarlo, disfrutando de sus rasgos, su seguridad al moverse y esa elegancia innata. Era tan perfecto que se sorprendía de haber podido rozarlo, tenerlo entre sus piernas y saborearlo. Si le hubieran dicho que alguien como él se habría fijado en ella se reiría durante días, lo que también es cierto es que la usaba como tentempié de media noche.

—¿Gael? Ese tío está loco —vociferó contenta, casi orgullosa—. Colabora con la poli en ciertos casos delicados. ¡Es el azote de los criminales! —rio de forma nerviosa, pues siempre creyó que sería eso lo que lo condenaría a muerte. Si bien por fuera Gael podía parecer un capullo integral, bajo la superficie su corazón era inmenso—. Lo conocí hace años —rememoró para tener algo de lo que hablar, o su mente regresaría a Marta—. Antes incluso de que me arriesgase a estudiar informática. Un tipejo asqueroso me atacó y decidí que daría con él para que pagase por lo que hizo. Yo era una adolescente torpe que se desanimaba enseguida y me frustré, publicando un anuncio que borré cinco minutos después de colgarlo. Lo que no creí posible es que, dos días después, obtendría respuesta. Los astros se alinearon para que el cabrón más testarudo y cabezota del mundo diera conmigo.

Como si fuera hoy, Chloe recordaba el miedo que sintió cuando, un Gael más joven y despeinado, se presentó ante la puerta de su hogar. Tras negarse a abrirle, Gael se sentó al otro lado y, con el portátil sobre las piernas, hizo su magia. Cual narrador, le contaba paso por paso, lo que estaba sucediendo.

»Lo logró. Me dio un nombre y dirección, incluso sus antecedentes. Me ofreció joderle de lo lindo sin necesidad de enfrentarlo, sin embargo, eso no era suficiente. Precisaba que supiera por qué su vida se iba a la mierda.

—¿Qué fue de él? —inquirió Deo con brusquedad, dispuesto a desmembrarlo.

—Lo detuvieron, aunque la pena fue irrisoria, Gael tenía sus propios planes. Ahora lo buscan por fraude —sonrió divertida y agradecida, comprendiendo la suerte que tuvo de dar con personas tan maravillosas. No creía merecerlos y por eso pelearía hasta el final por protegerlos—. Después de eso, empezó a mandar correos anónimos que fueron decisivos para algunas investigaciones. Asesinos que estaban convencidos de que salieron impunes veían cerrarse la puerta de sus jaulas y, sin embargo, lo que descubrió en la red oscura casi acaba con él.

Una noche, Gael se presentó en su piso. Olía a alcohol y en la mano una cerveza. Con los ojos idos aporreó la puerta hasta que, todavía medio dormida, le abrió. No le tuvo miedo, pues lo conocía lo suficiente para saber que no era capaz de dañarla, lo que tampoco esperaba era que comenzase a llorar y se echase en sus brazos.

Lo abrazó y sostuvo hasta que fue capaz de explicarse. Entre hipidos y frases sin sentido, acabó mostrándole un par de vídeos.

—Son demasiados… Son demasiados… —repitió Gael hasta quedar inconsciente.

No obstante, pronto encontró su propia forma de pelear en una guerra sin precedentes. Si los cabrones que se ocultaban en la red oscura eran numerosos, Gael logró reclutar por todo el globo a las mentes más brillantes que, cual protectores, los rastreaban y sacaban de circulación.

—¿Por qué dices que ya no eres el mismo? –le había preguntado dos días después, a un hombre más callado, algo ausente.

—En ocasiones hace falta un monstruo para acabar con la oscuridad. Alguien debe hacer lo correcto, aunque lo destruya, para que el resto pueda dormir por la noche —replicó Gael, negándose a darle más datos, por mucho que ella insistió durante horas.

En aquella época Gael cambió. Se compró un arma e instaló cámaras de seguridad. Usó varias identidades diferentes y creó diversas vías de escape para los tres. Chloe guardaba su identidad B bajo una falsa baldosa de la cocina.

—¿Qué sucede? —El silencio de Chloe se extendía demasiado y Deo no lo soportaba. Ella era alegría, luz, ruido. Cuando callaba era peligroso.

—¿Y si no era él? ¿Crees que es posible que le haya sucedido algo? —Reabrió el mensaje, sabiendo que, de todas formas, iría en su busca—. No. Es imposible. Nadie podría entrar en su red sin su permiso.

—Sea quien sea, si es necesario, acabaremos con él.

—¿Y ya está? Solo tienes dos formas de resolver tus

conflictos —chistó ella, aunque quien hablaba era el miedo.

¡Al fin! No se detuvo en aparcar bien, paró en doble fila y Chloe ya estaba abriendo la puerta. La siguió de cerca, tanto, que parecía su segunda piel.

»Deja de pegarte a mi culo. Es molesto.

—A mí me gusta. —Aprovechando que no había nadie en ese portal, la tomó contra él—. ¿Cuál es el piso?

—El tercero —tragó con dificultad. Sin protestar, le permitió la llevase en brazos.

No llegó hasta la puerta, el olor de la sangre impregnaba la zona. Se detuvo a varios metros y la bajó.

—Espérame aquí. Si es cierto lo que sospecho, no tardarán en aparecer los limpiadores. He de mandar un par de mensajes.

—¡No! —Las pupilas de Chloe empequeñecieron hasta casi desaparecer—. ¡Gael! ¡Gael! —aulló fuera de sí. Usó los puños contra Deo, después las patadas. Embistió con todo hasta que el dolor la detuvo.

—Está muerto.

—¡No puedes estar seguro!

—Ahí dentro no queda nadie con vida. Es mejor que me esperes aquí. No tienes motivos por los que pasar por eso. —Ni todos los argumentos del mundo le impedirían llegar a él. Tomó impulso y se dispuso a patearle las pelotas pues, por muy inmortal que fuera, le concedería unos valiosos segundos.

¡Blanco! Sin tiempo para perder, esprintó y entró en el lugar, resbalando al pasar por el salón y deteniéndose a gritar. No quedaba aire en sus pulmones y los rellenó, notando el calor de las lágrimas correr por su cara.

—Serás... —Deo envolvió su espalda—. Tranquila... —Besó su nuca suavemente y trató de alejarla, cediendo al ver que Chloe plantaba los pies en el suelo.

No quería creerlo posible, pero allí estaba. Se movió para que Deo la dejase ir y recorrió la estancia, tratando de ignorar las señales de lucha.

—Tú y tus dichosas bromas —murmuró, mirando la pantalla que había volcada sobre el escritorio. Su humor macabro la hizo respirar suavemente, encontrando algo en lo que centrarse. Un mensaje que solo ella comprendía, gimió afligida al esquivar el cuerpo retorcido de su amigo.

Un muñeco moreno de ojos saltones se movía por la pantalla, deteniéndose cada varios minutos, momento en el que un pop-up aparecía ante su boca:

Tengo un regalo para ti.

Como contraseña su Nick, uno que solo ellos conocían, pues el propio Gael la había bautizado, en contra de sus deseos.

Muñeco diabólico.

Con él nada era tan sencillo. Una cuenta atrás ocupó la pantalla, una consola como única opción. Tras varios intentos localizó la cadena y borró el bucle infinito, cogiendo aire desesperada al percatarse que llevaba casi un minuto entero sin respirar.

—Temo lo que pueda encontrar. —Tenía la impresión

de estar hablando todavía con él. Se esforzó en no girar el rostro para evitar dar con su cuerpo retorcido. Chloe seguía sorprendida por su forma de programar.

—¿Qué buscas?

—Se dejó atrapar a propósito —comprendió ella—. Infectó los ordenadores con los que conectó, enviando un gusano que servía de conexión remota. Entre otras muchas cosas... —Estaba a punto de dar con algo cuando un vídeo comenzó a reproducirse.

Los ojos de Gael la traspasaron, su pelo revuelto y mirada vidriosa, eran un claro indicativo de que llevaba, al menos, dos días sin pegar ojo. Alzó la cerveza y brindó en silencio, tomándose su tiempo para vaciarla antes de tomar la palabra:

—Has llegado lejos. Si estás aquí es que he activado el modo shinigami. Dado que estoy más tieso que un palo, te concedo acceso a todas las grabaciones realizadas, así como mis programas. —Dudó e hinchó el pecho, fijó los ojos en la cámara y Chloe juraría que podía verla—. Solo tú, Chloe, mereces cuanto tengo. En ti hallé a una amiga y compañera, espero que lo que te cedo pueda ayudarte.

Tras encontrar una docena de archivos ocultos, tembló agotada mentalmente.

Varios programas se ejecutaban de fondo, dejando mensajes que la guiaban marcando un sendero que solo ella podría seguir. Gael lo dejó todo preparado, invirtiendo decenas de horas en una muerte que sabía, llegaría antes de tiempo.

—Se dejó atrapar para dar con ellos. Necesitaba mantenerlos en línea el tiempo suficiente. Incluso yo podría zafarme de ser localizada de desearlo. No, por algún motivo permitió que le atrapasen... ¿En qué coño estaba pensando? —No podía llorar, romperse o desistir, no cuando él lo sacrificó todo por darle una oportunidad. Quiso centrarse y, sin embargo, la humedad se acumuló en sus ojos, pugnando por ser libre. Le temblaron los hombros y las manos, se meció sin fuerzas, captando la presencia de Deo a su lado, infundiéndole la valentía que le faltaba.

Un icono negro, sin forma o símbolos, le llamó la atención. Trató de ejecutarlo, recibiendo un warning que sonaba a recordatorio. La conocía lo suficiente para saber que la curiosidad haría el resto.

Las sombras te esperan en la red, dispuestas a echarte una mano en los códigos más inaccesibles. No confíes en lo que ves pues, es posible, que los enemigos estén más cerca de lo que crees.

Mi regalo está esperándote en casa, ¿lo recuerdas?

Dile a Marta que no me he olvidado de ella.

Se dio la vuelta y lo buscó. Se aferró a Deo pues temía caerse, notando cómo el aire, al entrar en su cuerpo, se transformaba en millones de cuchillas que rajaban su piel. Los negros iris de ella buscaban en el interior de los ojos de Deo alguna palabra de consuelo, necesitaba que alguien dijese que no fue culpa suya. Si ella no le hubiera pedido ayuda...

Aferró la camisa del inmortal y dejó las huellas impresas, reparando por primera vez en sus dedos. Se quedó observando los restos de quien, en vida, odiaría ser llorado. Él querría que brindasen y festejasen en su nombre, mas no se sentía capaz de fingir.

—¿Volverán? Los que han hecho esto, ¿regresarán? —El pánico la consumía, cualquier sonido se incrementaba a oídos de Chloe.

—Mandarán a alguien para que limpie... No te preocupes. Estoy contigo... —Acarició su pelo, trató de pegar el rostro de ella contra su pecho sin que lograse que claudicase.

Chloe repasó sus recuerdos culpándose por lo sucedido. Los brindis en el piso, donde los tres compartieron confidencias. Las llamadas a deshoras cuando necesitaban algo o las quedadas para salir que, en ocasiones, terminaban ante la tele con alguna película mala entre manos. Estaba arrastrando a cuantos conocía al abismo mientras ella disfrutaba de sentirse viva y deseada.

El piso era un mausoleo que pronto se llenaría de policías con mil preguntas imposibles de responder. Siendo práctica el tiempo suficiente para hacer lo correcto, se quedó con el disco duro y aprovisionó con el portátil que Gael escondía en la cocina. También copió decenas archivos y programas. Creyó estar lista cuando decidió que no deseaba que metieran las manos allí.

—¿Puedes hacer que arda sin que nadie corra peligro? Sé que tienes dinero y contactos yo... —Alzó los ojos en busca de compasión—. Era un vikingo atrapado en un tiempo incapaz de comprenderlo. Su alma está lejos y su cuerpo atrapado, no quiero que lo abran y corrompan cuando ambos sabemos de antemano los que hicieron esto. Tampoco quiero que los culpables tengan acceso a su mente... —Acarició el pc con mimo.

Le concedería el cielo de tenerlo al alcance, por mucho que se empeñase en afirmar lo contrario. Asintió secamente e hizo una llamada, Chloe aprovechó para tomar algo de aire, saliendo al balcón.

En el fondo sabía perfectamente que Gael la amaba y se culpaba por ser incapaz de corresponderlo. ¿Habría sido diferente su final de haber escapado los tres juntos a alguna playa soleada?

—Si queréis viajar, el dinero no es el problema —aseguró Gael una noche, entre chupito y chupito. La risa desgarbada con la que lo acompañó le restaba credibilidad, aunque, tratándose de ese pirado, todo era posible.

Las puertas dobles se abrieron tras ella. El sol estaba oculto tras nubes de tormenta, logrando que Chloe se sentía comprendida.

—El cielo llora lo que nosotros no podemos. Tratará de limpiar los pecados cometidos. —Dejó que las historias que Gael adoraba entrasen en ella, creyendo en la magia y en el destino de las almas como su viejo amigo—. Encontrará su camino, aunque no sea en esta vida.

Deo era un hombre tomando a una mujer y sosteniéndola, consolándola. Ella permitió que su cabeza reposase contra él, cerrando los ojos ante la agradable sensación que la firme mano, que ascendía y descendía por su espalda, creaba.

No la dejaba sola. No importaba lo que sucediera o tuviera que hacer, estaba ahí en todo momento. No obstante, seguía temiendo que Deo se desvaneciera. El miedo a perderlo también crecía a medida que su pasado se distanciaba.

»Bésame... Te lo imploro.

Fue una súplica lanzada desde el fondo de su ser, que contenía miedo y esperanzas. Sabiendo que, para él, nunca sería suficiente. Suficientemente bella, suficientemente inteligente, suficientemente longeva... Quiso creer que era posible que se enamorase de su caparazón marchito, que prefiriera las arrugas y temblores a una inmortal firme que lograse escalar edificios con las uñas.

Sintió los labios firmes y demandantes sobre los suyos, necesitando llorar. La pena estaba ahí, lacerándola. El sabor salado impregnó ese beso, esa caricia necesitada que no buscaba ir más allá. La arrulló y alzó, para que el cuello femenino no se resintiera por lo incómodo de la posición.

»¿Lo notas? —Temía ser sincera pues, en el fondo, se sentía viva, capaz de lograr lo que se propusiera. La adrenalina recorría sus venas y agudizaba esos sentidos atrofiados con los que la naturaleza decidió bendecirla—. Están ahí, los culpables están escondidos tan cerca que el hedor nos rodea. No tengo miedo, no puedo permitírmelo.

—No dejaré que se acerquen a ti. No correrás peligro.

—Ni siquiera tú puedes prometerlo —comprendió de golpe. El mundo creaba sus propios demonios, decidiendo de golpe que el depredador pasase a ser la presa. ¿Quién le aseguraba que el ejército de Simón no fuese imparable? Vencer no era lo importante, sino dejarse la vida en ello. No se detendría hasta que su corazón se parase y fuese incapaz de moverse, daría hasta la última gota de su sangre.

Pospusieron regresar pues no se atrevía a volver a cruzar el piso. Se negaba a ver a su amigo en esas condiciones, prefiriendo recordar al hombre de lengua peligrosa y mente ágil que tanto la sacaba de quicio. Pocos comprendían por qué se soportaban, no obstante, Gael fue fiel hasta el final. Un hombre digno de ser recordado que escogió las sombras para ayudar.

»Debo hacer algo. —Se llevó los dedos al cuello, notando la ausencia. A cada recuerdo que acudía las lágrimas lo acompañaban. Alzó el rostro y aspiró, cerrando los ojos con fuerza—. Lo necesito conmigo...

Capítulo 11

Apoyada en el cristal del coche, acurrucada sobre el asiento, se quedó observando cómo el piso era pasto de las llamas. Cegada por la humedad delatora, tomó aire y dijo con voz tomada:

—Llévame a mi piso.

La tomó por la mano y la acercó a sus labios. Tras un casto beso, pasó los dedos por la cara interna de su muñeca.

—Si me lo pides puedo calmar tu dolor… —propuso con voz seductora, aprovechando para morder la zona.

Cerró los ojos ante la cálida corriente que ascendió por su piel, Chloe suspiró aturdida.

Los gritos los rodearon, las sirenas se acercaban y, sin embargo, no podía moverse o pensar. La calma la encadenaba, ralentizando cualquier reacción. Se acercó a ella, la tomó por la nuca y tiró para que se pusiera a su alcance. Estaba cansada, le pesaban tanto los párpados que cayeron de nuevo, cegándola.

El beso la estaba durmiendo, se resistió cuanto pudo, necesitando cerrar las manos y clavar las uñas en su piel para aferrarse a la consciencia, no fue suficiente.

—Para... —Apenas le quedaba voz, las manos que posó en el pecho masculino temblaron, tratando de alejarlo y doblándose ante el esfuerzo—. Necesito ese dolor para poder continuar.

Acarició el cálido rostro de su cachorra con adoración, aunque claudicando en parte al alejarse.

La recolocó cual muñeca, moviéndole los brazos y abrochando el cinturón. Tomó el volante y se puso en movimiento, esquivando a más de una docena de coches. Decenas de personas se aglutinaban ante el incendio, la mayoría de ellos con el móvil en la mano, sin tratar de hacer nada por ayudar.

—Duerme un poco. —No era precisamente una sugerencia. Chloe fue incapaz de rechazar la oferta. Notaba que la arrastraban a un agujero oscuro, el tirón era demasiado fuerte y caía a gran velocidad. De nada sirvieron sus esfuerzos.

No obstante, Deo no podía controlar sus sueños, al menos no conscientemente. Si bien se introdujo en ellos en múltiples ocasiones, seduciéndola y torturándola placenteramente, en esa ocasión fue Gael el que la esperaba.

Su amigo estaba sonriente, era el día de su cumpleaños. Recordaba la fecha pues los odiaba con fervor, sintiéndose ridículamente débil y expuesta, como si, con solo mirarla, todos pudieran ver el gran vacío que tenía en su interior.

Se vio a sí misma sentada en el sofá, arreglada como pocas veces, con una sonriente Marta tendiéndole una copa. La música de fondo era una canción animada sobre la necesidad de bailar para alegrar el alma, Marta la arrastró ante la mesa y trató de guiarla en unos movimientos descompasados.

—Quita ya esa cara de amargada —la regañó Marta, besándole la punta de la nariz y guiñándole un ojo. Gael las observaba desde el sofá, con las piernas bien abiertas cual rey del lugar.

—Sigo sin saber por qué me he dejado convencer. Es ridículo —chistó ella de morros.

Y, sin embargo, los esfuerzos de ambos por hacerla feliz se clavaban en su interior y le impedían retirarse. Estaba confusa y necesitada de ese abrazo que rechazaba. Recelosa, permitió que la llevasen ante la mesa y comieron hasta que les costaba respirar.

Los chistes verdes fueron el comienzo, si Gael era un pervertido, Marta no se quedaba atrás.

Rio sin ganas unos, para con otros tener que limpiarse los ojos. Pronto, quiso que esa noche nunca viera su fin. Sin embargo, no estaba preparada para lo que ellos maquinaron.

Ambos, nerviosos, se encerraron en la cocina, momento que Chloe aprovechó para salir al balcón. El aire frío del invierno la acogió, penetrando la ropa y abrazándola, sin que ella tratase de luchar contra ese efecto.

Es extraño como, por mucho que trataba de alejar ciertos recuerdos, estos regresaban cuando menos lo esperaba. Al recorrer con los ojos las carreteras, casi desiertas, se vio a sí misma caminando sin un rumbo fijo cuando la ciudad dormía.

Guarecida entre las sombras, sin un lugar en el que poder descansar. Si se cruzaba con alguien, fingía que la esperaban en alguna parte, apretando los puños para no caer y hacerse un ovillo ante el frío que la fina chaqueta no conseguía alejar.

Si regresaba a su casa, la paliza estaba asegurada. Golpes que caerían sin control sobre ella, convirtiéndola en menos que un animal.

La puerta del balcón se abrió, asustada, saltó y aferró la barandilla para evitar un desastre. Sonrió esperando ocultar el miedo que dilataba sus pupilas, su corazón acelerado, apresado bajo las costillas.

—Entra. Rápido. Tenemos algo para ti —dijo Marta emocionada.

Habían encendido velas, dispersándolas por la sala y apagaron las luces. La belleza la impresionó. Se dejó guiar hasta un montón de cojines y tomó asiento.

»Nos contaste lo que sucedió con tu madre y...

—No quiero hablar de eso —replicó Chloe con brusquedad, casi agresividad.

Gael no se acercaba, de nuevo esa cerveza en la mano que casi actuaba como escudo. Sin embargo, su amiga la envolvió en un abrazo doloroso.

—Dices que hay algo oscuro en tu sangre, que temes convertirte en ella. Yo sé que no es cierto y necesito demostrártelo.

Negando con vehemencia, trató de apartarse. El daño que las cálidas palabras le causaban era indescriptible pues, de pronto, era una niña pequeña, diminuta.

»Hemos retrocedido en tu árbol genealógico y, con la

ayuda del pervertido ese, logramos dar con una mujer que nos recordó a ti.

Le tendieron varias láminas con pinturas y pequeños fragmentos de texto. Habían creado una especie de cuento.

»Léelo antes de que te demos tu verdadero regalo.

Por no hacerles un feo, recorrió las líneas con los ojos, varias palabras atrajeron su atención, logrando que se perdiera en una narración hermosa y triste.

—En el año 1701, nació Margarita Lo... —musitó Chloe entre dientes.

"En el año 1701, nació Margarita Lobera. Poco se sabe ella hasta bien entrado 1717, pero ahí comienza su leyenda.

Hija de unos campesinos, era conocida en toda la aldea por sus atrayentes ojos negros y su mirada profunda. Pobre como las ratas, pronto fue reconocida por el don de la palabra. Aldeanos y, con el paso de los años, ricos señores, se acercaban a su puerta en busca de favores pues, incluso siendo imposible, afirmaban que era capaz de ver el futuro.

La joven lo negaba en cuantas ocasiones se le presentaron, asegurando que eran meras supersticiones, aunque nadie sabía lo que sucedía en el interior de su hogar."

Una reproducción del rostro de una hermosa joven ocupaba el resto de la página, altiva, desafiante, el tipo de mujer que no se rompería y suplicaría que la dejasen en paz. Pasó a la siguiente avergonzada por lo que se vio obligada a hacer.

"Si bien todos la conocían, nadie reconocía acudir a ella.

En un pueblo supersticioso, lleno de prejuicios, una serie de sospechosas muertes causaron el pánico. Los aterrorizados habitantes del lugar pronto vieron el culpable perfecto y la señalaron, pidiendo a las autoridades que se hicieran cargo.

Si bien nadie lo reconoció más tarde, la mañana en la que apresaron a Margarita sus vecinos salieron a las calles. Unos trataron de impedir que se la llevasen, dando la cara por quien los ayudó cuando nadie más podía, aunque fueron los que menos. La mayoría tomaba piedras, fruta o lo que tuvieran a mano para lanzárselos, disfrutando del dolor infligido.

Aseguran, sin embargo, que no se quejó ni una sola vez.

Cuando llegó el día el juicio tenía el brazo roto, el rostro irreconocible y le costaba andar. Ante las preguntas del magistrado, aseguró que solo trató de ser una buena cristiana, tendiéndole la mano al necesitado, hasta que el gentío empezó a gritar.

Una sola voz que ganaba intensidad.

¡Bruja!

Y la iglesia fue llamada. Fue la primera vez en la que Margarita lloró. El miedo a lo que se avecinaba la hizo suplicar que fueran benevolentes, aunque ya era tarde.

Un hombre de negra sotana y mirada muerta, llegó para quedarse.

Durante días el eclesiástico se empeñó en sonsacarle la verdad, utilizando métodos crueles donde los haya. Aunque se desconoce lo sucedido, ocho días después Margarita confesó."

Quiso que terminase bien, lo necesitaba. ¿Acaso su familia estaba marcada por la desgracia?

Regresó a la lectura con un nudo en la garganta.

"Aquí es donde comienza lo extraño. Los escritos aseguran que habían levantado una pira para purificar su alma. Arrastrándola, la encadenaron y el sacerdote se dispuso a dar unas últimas palabras.

Al final, muchos de los que se atrevieron a señalarla, bajaban el rostro. No obstante, el misterio continúa.

Nadie supo nada de los habitantes del lugar durante dos semanas hasta que, un mercader, pasó por la zona. La masacre que encontró lo volvió loco. Restos humanos dispersados por todo el lugar, amontonados o lanzados sobre los tejados, algunos incluso quemados.

Lo único que nadie pudo encontrar fue a Margarita que, sobre la mesa de su hogar, dejó un colgante y un trozo de papel, en el que pedía que le fuera entregado a una prima lejana."

Chloe miró a sus amigos, sorprendida por la imaginación que demostraron al crear semejante historia. Incluso sintió pena al acercarse al final, pasando los dedos por un dibujo que pretendía representar el horror en una imagen en blanco y negro.

"Llevaron a cabo el último deseo de la bruja por miedo, pánico.

Margarita se convirtió en una leyenda que, hasta décadas

después, nadie se atrevió a plasmar y narrar. Un pedazo de historia del que nadie sabe cuánto hay de cierto, aunque que existió es innegable y que el pueblo desapareció de la noche a la mañana también."

Se tomó un par de minutos antes de alzar la cabeza burlona.

—¿Y bien? Ha sido entretenido, como fábula impresionante, aunque no entiendo qué pretendíais —soltó Chloe sonriente.

—Me costó, pero te aseguro que es tu antepasado y que el pueblo se desvaneció en el aire —comentó Gael, retándola a llevarle la contraria—. Y... para demostrarlo...

Marta le tendió el paquetito. La curiosidad provocó que rasgase el papel de regalo, nerviosa.

Lo que la cajita que encontró guardaba en su interior era un colgante hermoso, dorado y con una piedra negra en el centro. De intrincado dibujo, creaba una enredadera alrededor de la gema, dibujando también una sombra humanoide tras ella. Pareciera que estaba vigilando al dueño de esa joya.

Lo acarició hipnotizada. No había encontrado nunca algo tan hermoso, único y especial. Lo convirtió en su tesoro, la joya de la corona. Se lo puso y lo sintió parte de ella misma, como si, al llevarlo, estuviera completa.

—¿Te gusta? —inquirió su amiga.

—Es maravilloso. No teníais que haberos molestado.

—Eso es lo que siempre dices, pero si te diésemos un par de calcetines estarías torciendo el morro —escupió Gael de malos modos, aunque lucía una enorme sonrisa.

Chloe le abrió los brazos a ambos pues, aunque Marta puso

la mitad del dinero en la subasta, sabía que fue ese cabrón de malos modales, el que estaba detrás de todo.

—Gracias… —susurró cuando, en contra de sus deseos, envolvió el cuello de su amigo. Si bien para él era una sensación inigualable, se quedó tieso como un palo.

—Anda, anda. Déjate de gilipolleces y vamos a por la tarta que no he venido para perder el tiempo.

—Yo también te quiero —ironizó Chloe esa noche, sin comprender lo cerca que estaba de la verdad.

Había muchas maneras de demostrar su amor y Gael usó la única que no lo comprometía, cuidándola desde lejos, asegurándose de que estuviera a salvo, sintiéndose indigno de ella. Se aferró durante demasiado tiempo al, quizás algún día, y ese día no terminó de llegar.

Despertó sobresaltada justo cuando Deo echaba el freno de mano. Se rozó el cuello y alzó los ojos.

—Espérame aquí. No te quiero cerca —declaró, furibunda porque hubiera jugado con su estado de ánimo.

—Podrían…

—Ni me toques. —Se alejó furiosa, negándose a aceptar caricias envenenadas—. Si vuelves a hacerlo no te perdonaré. Me importa una mierda que seas la creme de la creme de los vampiros. Mi mente es solo mía.

Dejó un sonoro portazo tras ella, enfilando rumbo a su edificio. Deo veía ante él a una hermosa guerrera, implacable, irrompible. Caía, mas volvía a alzarse más fuerte y hermosa. La seguridad de sus gestos contenía gran parte del miedo que sentía a lo que pudiera encontrar. ¿Y si Marta tampoco estaba?

¿Y si llevaba días persiguiendo a un cadáver?

Llegó al ascensor y entró, sorprendida de que la carraca estuviera abierta en el portal. Iba a presionar el botón cuando un hombre, de unos cincuenta años, irrumpió de la nada, ocupando todo el espacio. El señor tenía las ideas claras, iba al último piso, solo que, una vez las puertas se hubieron cerrado, lo detuvo.

—¿Qué cree que está haciendo? —Alzó los puños sin andarse por rodeos. Lista para patear un par de pelotas.

El viejo tomó el teléfono y se lo mostró. El mismo muñeco de ojos saltones que Gael creó la observaba, danzando por la pantalla.

—Todos los fantasmas hemos recibido la misma notificación. K2Bit lo dejó todo preparado hace un par de días. —Los ojos gastados del señor la esquivaron, retiró el aparato y escribió con rapidez, como si esperase que en cualquier momento abrieran las puertas del ascensor a la fuerza y le arrancaran la cabeza—. K2Bit nos expuso la situación en la ciudad, la presencia de... —Incapaz de terminar la frase se acercó, bajando el tono todavía más—. Tenías que estar sola cuando te diéramos uno de sus últimos presentes. Nos pidió que te cuidáramos las espaldas y eso haremos. Ahora, tú eres K2Bit. Podrás acceder a nosotros con esto. Tu identidad solo es conocida por mí.

Lo sorprendente fue presenciar cómo el hombre, de cabellos plateados y manos sudorosas, se inclinaba mostrándole pleitesía. Había una auténtica muestra de lealtad y respeto que la sorprendió, parecía sacada de otra época.

—¿Quién eres? —inquirió de pronto, intuyendo que había mucho más de lo que podía apreciarse a simple vista.

—Muy inteligente. —Las pupilas del fantasma brillaron un instante—. Debes hacer tus elecciones con cuidado. Ellos son poderosos, nosotros también. —Dejó un dispositivo pequeño entre sus dedos y, antes de retirarse, fijando los ojos en los de ella, apretó con fuerza mientras agregó—: Los humanos no estamos indefensos. Existe un poder en nuestra mortalidad que muy pocos logran extraer. Tú, llevas en tu sangre una conexión con tiempos pasados, un lazo que te convierte en un arma en sí misma.

—No lo comprendo...

Se acercó tanto que un escalofrío de repulsión ascendió por su espalda al notar el aliento húmedo del señor en su oreja. Era una sensación que no fue capaz de explicar.

—La noche en la que Bix fue transformada estaba embarazada. La niña era antepasada tuyo —remarcó él—. Su creador, al comprender lo que había hecho, le abrió el vientre y se dispuso a acabar con la criatura. ¿Quién querría quedarse congelado en su primer minuto de vida? Sin embargo, la criatura que Bix llevaba en las entrañas seguía siendo humana. —No la soltaba, estaba demasiado perdido en el ayer—. Lo que Bix ocultó, al menos a su señor, fue que la niña no era del todo normal. Bix la llevaba entre los brazos, a través del bosque, y se detuvo. Quería darle el pecho, al menos una vez.

—No estoy entendiendo nada... —dijo Chloe impaciente, necesitando algo de espacio. La actitud del viejo le desagradaba.

—De algún modo, la sangre de la madre llegó a ella, transformándola durante unos minutos. Sus ojos, los dientes, la furia. Los gritos eran ensordecedores, su fuerza descomunal. Bix apenas logró sacársela de encima antes de caer inconsciente. Cuando despertó mi antecesora las observaba, ambas parecían dormidas.

—¿Cómo puedes saberlo?

—Los nuestros tienen extensos registros de esa época.

Llevamos en guerra generaciones. Custodiamos y protegemos, sin existir a ojos de los demás. Las viejas artes oscuras han desaparecido a ojos del mundo, son mera superchería, aunque la realidad sea más compleja.

—¿Brujas? —preguntó, tratando de no parecer que se burlaba.

—Hemos tenido muchos nombres. —Se retiró y suspiró, más tranquilo tras finalizar su misión—. Confía en tu instinto, es mucho más sabio de lo que crees. Lo que tus sentidos no distinguen es importante y, llegado el momento, puede ser decisivo.

Con fingida indiferencia, desbloqueó el ascensor.

»Estamos cerca, si nos necesitas sabrás encontrarnos. —Mirándola de reojo se encogió de hombros—. Lo último que queremos es que nos percibas como enemigos, aunque nuestra prioridad siempre será proteger a los mortales.

Lo vio salir, moviéndose mucho más rápido y ágilmente de lo que un señor de su edad debería. Incluso juraría que el reflejo del descansillo mostraba un rostro diferente, uno más aniñado y de ojos celestes.

La llegada de un mensaje al teléfono que el viejo le dio atrajo su atención. Aunque, se trataba, más concretamente, de una alerta.

Dirección fijada

—Ya os tengo... —siseó, sorprendida al encontrarse a Deo apoyado en el marco de su puerta—. ¿Qué haces ahí? —Escondiendo el dichoso aparato a su espalda, fijándolo entre el vaquero y su piel, trató de ocultárselo. No entendía qué la llevaba a guardar silencio, pero lo hizo.

—Tardabas mucho. Creí que tendría que ser tu bombero personal —soltó zalamero. Chloe no tenía pensado ponérselo tan fácil.

Abrió sin pensar y corrió hacia su dormitorio. No levantó la vista para que las fotografías no le hablasen, para no recordar. Abrió su joyero y tomó el colgante, necesitada, de pronto, por llevarlo puesto.

Ese objeto, diminuto, antiguo y sin mucho valor, la reconfortó. La sensación de ser cobijada bajo las alas de un inmenso pájaro, de haber encontrado un lugar seguro en el que esconderse y alzarse, era estupenda.

La mujer que salió con el mentón en alto y los ojos serenos, era una Chloe diferente. Deo observó el objeto y frunció el ceño, retrocediendo un par de pasos para evitar que lo rozase.

—¿De dónde lo has sacado?

—¿Esto? Es un regalo. —Acarició el metal y juraría que estaba caliente. Aspiró con fuerza y, al alzar los párpados, el color de sus ojos era más profundo—. ¿No te parece precioso?

—¿Te encuentras bien?

—Mejor que eso. —Desde que se lo dieron, el día de su cumpleaños, lo mantuvo guardado por miedo a perderlo. Se miró al espejo sintiéndose deliciosamente hermosa. Meció las caderas suavemente, acompasándolas con sus pasos. Se acercó al inmortal y tomó su mano, alzándola para llevársela a la boca—. No me respetas, ¿verdad?

De pronto fue incapaz de engañarla. Ante la pregunta de Chloe, notó un tirón en el interior de su cabeza. Deo se vio soltando cuanto surcaba su mente sin ningún tipo de filtro.

—Eres débil. Por muy tentadora que puedas ser, serías un estorbo si tuviéramos que pelear.

—¿Por qué...? —Parpadeó, sorprendida ante su propia actitud. Antes de que Deo llegase a despegar los labios, lo dejó ir.

—Quítate esa cosa. Es peligrosa. Cobra vida en contacto con tu piel, con tu sangre. Es un objeto maldito... —Deo achicó los ojos, envolviendo el suave cuerpo femenino y atrapándola—. Fue creado para matar, Chloe. Usarlo te pondría en peligro.

—¿Acabará con mi vida?

—No, pero...

—¿Me hará más fuerte?

—Sí, pero esa no es la cuestión. —Molesto por ser ignorado, fue alzando la voz.

—Ya no debes preocuparte por mí. ¿Te asusta? Sí, lo hace. —Pasó los dedos por su mejilla, deslizó las yemas por esa arruga traviesa que aparecía cuando sonreía.

—Temo lo que el objeto pueda hacerte. Consumirá la luz, la alegría y dejará un alma negra en su lugar. Puede darte un poder desmesurado y será ese mismo poder el que tome el control llegado el momento.

—¿No me crees capaz de controlarlo? —siseó ella, tensándose cuando Deo hizo un puño con sus cabellos. La retuvo disfrutando del reto en el rostro femenino, disculpando su actitud, pues sabía que el poder tenía un sabor placentero y adictivo.

Era tan seductora, atractiva, sinuosa y perfecta que le sorprendía que todavía conservase tanta dulzura e inocencia. De pronto, saberla capaz de romperlo era refrescante. Con la mano izquierda recorrió su brazo, para pasar por su espalda.

—No quiero que lo seas. Que te creas obligada a ello.

Era suya, quiso poseerla, marcarla más allá de la piel. Ahogándose, precisó el aliento que salía por los labios, gruesos y rojos, de Chloe. Se aproximó cuanto pudo. Sobre la boca de ella prosiguió hablando, aunque las palabras eran solo el preludio:

—Eres tentadora —susurró comedido, negándose a rasgarle la ropa y desatar la pasión que ella provocaba en él—. Una fuente insospechada de problemas que, sin embargo, no quiero alejar de mi lado. Cabezota, incapaz de claudicar y testaruda.

Tiró más, mordisqueándole el mentón cuando ella alzó la cabeza y dejó al descubierto esa nuez juguetona.

»Sigues estando ahí, pero los sentimientos cálidos, la esperanza, se desvanece sin que lo percibas. Hay otras formas de alcanzar tus objetivos, he puesto mi espada a tu servicio.

—¿Tu espada? Me desecharías de poner en peligro a los tuyos. Perdóname, pero no dejaré la vida de Marta en manos de quien no la aprecia, no la ama ni la considera parte de su distinguida familia. —Tiró con fuerza, sin pensar en el dolor de sus cabellos al desprenderse. Deo la aferró y alzó, enjaulándola entre la pared del pasillo y él mismo.

—¿Quién habla? Me ocultas algo, ¿verdad? Tu corazón se acelera.

—Me excito, no creí tener que darte lecciones de...

—Conozco las señales de tu cuerpo mejor que tú misma. Puedo percibir cómo tus pezones se endurecen y la temperatura de tu piel se vuelve insoportable cuando estás excitada. Ahora... tienes miedo a lo que pueda encontrar. —

La forma que encontró de asegurarse era sospechosamente agradable para ambos, sonrió, dejando al descubierto los caninos—. Jugaremos un poco, ¿te parece?

—¿Qué haces? —Tembló pues sabía que se inclinaba dispuesto a clavarle los dientes y, si bien no deseaba que lo hiciera, su cuerpo se anticipaba al placer que obtendría y vibraba de pies a cabeza.

«Recuerda que tienes el poder de evitarlo», la voz irrumpió en su cabeza. El dolor fue atroz y, aunque se parecía peligrosamente a la suya, supo que no le pertenecía. Incluso miró a Deo preguntándose si él también la escuchó.

«Sabes cómo hacerlo», prosiguió esa voz sin dueño, que llegó para quedarse.

Los labios masculinos rozaron su cuello, besándolo, jugando a erizar su piel. Recorrió la zona sin prisa, robándole la energía.

Quería escapar, no irse lejos. Alejarse sin que él la dejase marchar. En el fondo, cuando aferró el pelo de Deo en un intento de retenerlo temía que fuese un adiós definitivo.

—Debo intentarlo. Le debo mi vida... —se disculpó sin necesidad, sintiendo que era lo correcto, pero eso no lo hacía sencillo.

«Muérdelo...» Quizás por la fuerza no tuviera la capacidad de controlarlo, existían mil formas diferentes de llegar a un mismo destino.

»Por favor... —Él la miraba y ella enmarcó el rostro, tirando suavemente hacia su boca. Lo besó con miedo, notando un frío gélido congelando su pecho y deteniendo su mundo.

Se lo entregó todo en ese beso y ella lo traicionó al clavar los dientes. Si alguien le dijese que el dolor podía ser placentero se reiría, si no fuera porque el fuego que descendía por su garganta reptaba por su interior despertándola. Pronto no era suficiente, y aferró el cuello del inmortal con todas sus fuerzas. Lo retuvo dos minutos enteros en los que la oscuridad se llenó de matices y los sonidos se intensificaron hasta resultar molestos.

Deo logró alejarse, jadeante, asustado. Parecía un animal herido dispuesto a todo por devolver el golpe, solo que la mujer que lo retaba le importaba demasiado para dañarla.

—Chloe, recuerda quién eres. Chloe, quédate conmigo.

Se desperezó y estiró, gruñó al notar que su piel vibraba con vida propia. Inclinó la cabeza al tiempo que su cerebro unía varias ideas, le costaba pensar, hablar o empatizar.

—Pareces... enfermo. —Se pasó la lengua por los dientes puntiagudos que ahora inundaban su boca, ocupándolo todo.

—Sigues ahí. Eres fuerte y puedes luchar. Quítate el colgante. Dámelo.

—¿Por qué haría eso? Ya no tienes que cuidarme. En el fondo siempre he sabido que solo yo puedo protegerme, cuidar lo que amo. ¿Quién eres tú más que un desconocido suculento? —Su mirada voló al hilillo de sangre que manchaba la comisura de los labios de Deo—. Venceré porque puedo hacerlo. No soy débil, ¿no lo comprendes? ¡No soy débil! —aulló de pronto, llevándose las manos a las orejas al tiempo que los vidrios y espejos, estallaban a su alrededor.

Deo trató de acercarse, pero ella no estaba dispuesta a permitir que la rozasen.

»Me voy. —Comprendió de golpe, recordando a Marta.

—Piensa en lo que estás haciendo. Si te enfrentas a ellos morirás. Quédate conmigo... —apretó los puños— Te lo imploro.

—¿Fue difícil?

—¿Qué? ¿A qué te refieres?

—Plegarte. Suplicar. —Se inclinó levemente, dando varios pasos por la estancia sin llegar a acortar el espacio entre ambos—. No sabes cuánto duele vivir arrastrándote, sintiéndote poca cosa ante cuantos te rodean.

—Las emociones se han intensificado... Te controlan...

—Hay algo aquí que no soy capaz de comprender. —Apretó su pecho, justo sobre el corazón—. Tengo tanto miedo a volverme loca cuando te toco, cuando te anhelo... Me gustaría creer que es posible. —Sonrió con esa esperanza escondida en el fondo—. No puedo. No puedo.

Corrió como si el piso estuviera en llamas. Ella no comprendía la velocidad que alcanzó ni que los coches que pasaban por la calle no lograrían nunca sobrepasarla. Los pocos que pasaban por la zona vieron de refilón una sombra a la que no dieron importancia.

Chloe se detuvo ante una nave destartalada por fuera. Saltó y se encaramó en el tejado.

—¿Quién eres? —preguntó en un susurro la joven, sabiendo que la voz acudiría a ella.

«Soy tú y también todas las que, antes de ti, me llevaron. Recuerdos y aprendizajes, miedos y deseos. Estoy contigo para servirte».

—¿Qué me robarás a cambio? —Se tumbó, necesitando un par de minutos.

«Los sentimientos. Todas quisieron dejarlos atrás, también evitaron despedidas molestas».

Creía que le importaría mucho más, suspiró sin tanta prisa como instantes antes. Marta seguiría ahí, ¿verdad? Alzó la mirada al cielo, disfrutando de la inmensidad que lograba atisbar. Dormitó durante horas hasta que, aburrida, se incorporó al sentir vibrar el teléfono en su bolsillo.

Los objetivos se disponen a cambiar de ubicación. De querer actuar, este es el momento.

—Mis queridos fantasmas, —Sin embargo, lo cierto era que le daba exactamente igual—. Nadie escapará de ese lugar.

Capítulo 12

En medio de la nada, con una luna perfecta en lo alto y todas las farolas alrededor rotas, una inmensa fábrica se erguía majestuosa. Altas alambradas protegían la zona.

Chloe estaba cruzada de piernas sobre una de las columnas, observando lo que sucedía dentro, a través de una ventana. Llevaba un par de minutos allí, pero parecía desierto.

«No te confíes», la avisó el colgante antes de que el motor de un coche rugiera por el sendero que llevaba a la entrada.

Se puso en pie mostrando un equilibrio prodigioso. Avanzó sin preocuparse de la caída que la esperaba de dar un mal paso, saltando con agilidad sobre un pequeño saliente. Se acuclilló y esperó un poco más.

—Acércate... —siseó feliz, notando la electricidad correr por sus músculos, desde las yemas de sus dedos. Un odio inmenso la atravesó al reconocer a Simón.

Estaba furioso, dos hombres inmensos lo seguían a pocos pasos tras él. Los rostros inexpresivos casaban con los trajes negros y sobrios que los cubrían.

—Cogedla. Si da problemas recordad que lo único que no podemos arrancarle es la cabeza —escupió Simón sin compasión.

Un gemido a lo lejos, el llanto comedido le resultó familia. Era ella, su amiga... ¿Cómo no la había visto hasta entonces? Era como si un velo le impidiera fijar la vista por el lugar.

Las imágenes de ambas llegaron para quedarse. Los abrazos, confidencias, las horas compartidas entre golosinas, que endulzaban secretos oscuros. Marta no merecía eso...

«Pues haz que lo paguen». Chloe asintió a modo de respuesta, poniéndose en pie al tiempo que limpiaba el polvo de su ropa.

Se dejó caer suavemente, disfrutando de tener el control. Contó los pasos que daba, incluso contuvo el aliento cuando abrió la puerta para evitar hacer más ruido del necesario. Ni siquiera comprendió que era imposible que viera lo que la rodeaba ante la falta de luz.

Se inclinó hacia delante y siguió avanzando, deseando la batalla.

—Por favor... No más... —suplicaba Marta, usando hombros y piernas para alejarse, dejando tras ella un rastro sangriento. Los dos inmensos gorilas la patearon entre carcajadas antes de alzarla. Uno de ellos la tomó por los rojos cabellos y rio, tras amenazar con clavarle los dientes en el cuello—. Dejadme ir. No diré nada...

Las lágrimas eran inútiles. Chloe parpadeó necesitando recordar. La nada no era tan agradable como parecía.

—La he encontrado. Necesito estar con ella, estar con ella de verdad —dijo Chloe con brusquedad, llevando la mano al colgante y apretándolo hasta el punto que este cortó su piel.

«Como desees». Solo que el cabrón del objeto maldito no controló su influjo, devolviéndole de golpe la capacidad de amar. El grito de dolor que rasgó su garganta, al ver que estrangulaban a Marta al alzarla, sin que ella llegase a perecer, los hizo volverse al unísono.

»Quédate conmigo —suplicó Chloe en alto, notando que su voz vibraba incontrolablemente.

La mirada de Marta contenía mil súplicas, lo que nunca esperó fue la única que su amiga verbalizó:

—Escapa. ¡Huye!

Simón corrió hasta colocarse entre la puerta y ella misma.

»¡Chloe! ¡Es una trampa!

—No estoy sola —declaró con firmeza, notando los colmillos reclamar más sangre. Fijó su objetivo en las dos inmensas moles, posponiendo a Simón, consciente de que no sería un juego limpio.

«Si me atrapan, haz que muera…», suplicó la voz de su cabeza al colgante que, sin necesidad de decírselo, volvió a arrebatarle la capacidad de sentir. Sus movimientos volvieron a ser calculados, su sonrisa fría y los ojos negros que poseía recorrieron varias zonas, saltando a la derecha un instante antes de que Simón atravesase el aire que su corazón ocupaba.

La adrenalina la llevó al borde de la locura, atándola a mundo más vivo, intenso y acelerado.

Alguien la observaba desde las alturas, una mano se posó en el hombro de Deo mientras Chloe se… ¿divertía?

La joven atrapó el cuello de uno de ellos y se colocó tras él, usando su propio cuerpo como palanca hasta que el crujido lo hizo posible. Lanzo la cabeza lejos, moviendo la suya como si el verdadero esfuerzo todavía no hubiera llegado.

»¿Me harás temblar de miedo, antes o después de que te haga pagar? —lo retó a acercarse, Simón prefirió esperar a que su hombre se hubiera aproximado lo suficiente, creyendo que ya la tenían atrapada.

—¿Quién controla tus hilos? No creí capaz a Deo de llegar tan lejos. —Simón tomó un par de cuchillos del pantalón y los lanzó, uno de ellos se clavó en su hombro derecho. Chloe se lo arrancó, dejándolo caer a sus pies.

—¿Puedes sentirlo? Cometiste el peor error de tu vida al llevarte a Marta. Dejaré que sea ella la que te castigue —aseguró dando un paso a la derecha cuando dos inmensos brazos abrazaron el aire—. ¡Casi!

Ahora fue ella la que abrazó, solo que uno de esos mismos bíceps. Apretó y tiró, saltando con los pies hacia el inmenso gigante y empujando cuanto pudo.

«Sucede algo. El arma estaba envenenada», la avisó el colgante, brillando quedamente.

—No importa —aseguró en alto, para que Simón pudiera escucharla—. Un acto cobarde de una comadreja... ¿Veneno? —se burló. Dio un traspiés antes de alzar los puños, recordando sus clases de defensa personal.

«Pies... ancho de hombros. Las manos protegen el rostro. Espera... espera el momento adecuado...», se recordó al notar que le costaba mantener la postura y el sudor perlaba su piel. Las saladas gotas se deslizaban hasta caer sobre sus ojos, su respiración se tornó errática.

«Solo tienes cinco, a lo sumo diez minutos, antes de caer», soltó el colgante.

«Tendrá que ser suficiente», le respondió entre bufidos la voz de su consciencia.

Un crochet directo a las costillas. De reojo, consciente de que Simón se acercaba, usó la izquierda para impedir que el gorila avanzase, marcando la distancia que la hacía sentir cómoda. No, era ahora o nunca.

Eso no lo aprendió en clases.

«Visualízalo y cógelo. ¡Arráncaselo!»

De pronto, un corazón húmedo, pegajoso y caliente, entre sus dedos. Goteaba, lo dejó escurrir asqueada. Se volvió justo a tiempo de que un puñetazo impactase en su mejilla y la lanzase contra la pared.

Se le rompió el labio, escupió a su lado los restos rojizos y bufó molesta. Si bien Marta seguía allí, hacía mucho que la olvidó. Chloe usó la pared, que se resquebrajó ante el impacto, para lograr que sus piernas la sostuvieran.

—¿Por qué lo hiciste? —Un impacto, esta vez una bala, en su vientre. Perdió el aliento, cayendo de rodillas ante su enemigo. Recordó las veces que bajó la cabeza ante su madre, convencida de antemano que no sería capaz de defenderse.

El rostro enfurecido de Chloe se alzó, los cabellos enmarcaron una piel blanca como la nieve y unos ojos en los que cualquier señal de humanidad desapareció. El negro ocupaba todo el globo ocular, mostrando el inmenso vacío que llevaba en su interior.

»¡Tendrás que hacerlo mejor! —Su voz hizo que el lugar temblase. La mujer que debería estar caída, volvió a cuadrarse.

A unos cuarenta metros de altura, Deo se debatía entre intervenir o dejarla, incapaz de seguir observándola sufrir. Cada golpe o herida impactaba en él con la misma intensidad, en varias ocasiones dio un paso, pero retrocedía al verla ponerse en pie de nuevo. Era una batalla que iba más allá de Simón, pareciera que Chloe estaba luchando contra su pasado, los fantasmas que seguían penando en su interior.

—Tengo que ir a su lado... —gimió Deo, listo para saltar.

—No. Hermano, —Ania colocó las manos en su hombro y señaló varios puntos de la zona—. Es peligroso.

—¿Qué estás insinuando? —Las respuestas llegaron y el miedo lo congeló—. ¡No podemos dejarla ahí!

—Si intervienes es posible que, quien esté detrás de todo esto, dé la orden. —Aunque ella sabía perfectamente que se trataba del cobarde de Alonzo. No le importaba cuánto tardase, lo encontraría y le haría pagar—. Confía en ella. Debes hacerlo.

—Está muy cansada. Ha perdido mucha sangre. Por muy fuerte que sea el colgante, sigue siendo humana.

—Y, sin embargo, pudo dejarte atrás —le recordó convenientemente Ania, tratando de ignorar el peligro al que se exponía la joven. Temía que, de acabar muerta, Deo no pudiera recuperarse. Aunque, lo prefería fuera de control a muerto. Clavó las uñas en su piel y lo aferró, para impedir que saliera corriendo ante cualquier descuido.

—El vídeo era una distracción. Siempre trataron de llegar a ella... —Solo las manos de su hermana le impedían correr a buscarla, incluso arriesgando la vida.

«¿Cuántas veces? ¿Cuántas veces más he de permitir que me maltraten?», el pasado y presente se mezclaron. El colgante quemaba y, sin embargo, prefería que penetrase su piel y la atravesase a lanzarlo lejos.

Chloe se aferró al dolor físico para alejar la agonía que llevaba años soportando. Simón era uno más de los muchos que se aprovechaban de saberse más fuertes y ella no sería aplastada tan fácilmente. Cada segundo que permanecía en pie, cada segundo, era una pequeña victoria. Prefería irse creyéndose capaz de vencer.

—Apenas lo soporto... Chloe... ¡Lárgate ya! —Marta luchó como nunca antes por ponerse en pie, los colmillos expuestos, los ojos fijos en la herida de su amiga—. ¡No!

Iba a correr hacia ella, en su lugar Marta prefirió estamparse contra la pared. El golpe fue brutal e inútil. Volvió a girarse, el olor de la sangre la guiaba, haciéndole olvidar el rostro, nombre, el pasado. Dejó de tener identidad y se transformó en un trozo suculento de comida, la ambrosía que le devolvería las fuerzas y ayudaría a regenerar. El rugido fue la señal del fin.

Tuvo que escoger, ambos eran peligrosos, aunque, si debía caer, Simón la acompañaría. Se lanzó hacia él y ambos rodaron. No esperaba milagros y lo comprobó cuando tosió y la saliva salió impregnada en sangre. Arañó y usó todo lo que tenía, desesperada, sonrió mostrando los dientes rojizos.

—No volverá a suceder —comprendió Chloe, con los ojos vidriosos y la voz convertida en un quejido que lanzó al aire. Simón clavó los dientes en ella y Marta se lanzó hacia su pierna, haciendo diana también.

No trató de impedirlo. Que bebieran si era necesario.

«Necesito conseguirlo...» Tembló, notando que quedarse dormida era más sencillo. Solo debía permitir que sus párpados cayeran, ¿quién la juzgaría? Lo había intentado. «Aunque, si hubieras dejado que Deo te acompañase...» La culpa ya no tenía sentido. «Es mejor así», sentenció.

«Hay una manera», le informó el colgante.

«¿Cómo?», preguntó notándose liviana. Apenas lograba unir coherentemente dos palabras, la idea de llegar a mover los labios era ridícula.

Deo no lo soportó y quiso ayudarla. De haberlo visto, Chloe habría comprendido que lo que él sentía por su cachorra era mucho más profundo de lo que aseguraba pues, el gran inmortal, se enfrentaba a su hermana por llegar hasta ella.

Si bien el primer golpe lo controló, buscando solo llegar hasta Chloe, ver que Ania lo esquivaba fácilmente y su cachorra dejaba caer los brazos, lo hizo dejar atrás cualquier tipo de control. No, Ania podría soportarlo y... de no poder hacerlo...

—¡Chloe! —aulló Deo, necesitando rodearla y darle su sangre para curarla. Guarecerla y protegerla, esconderla de cualquier peligro. De pronto solo su rostro tenía valor, su voz, sus caricias, el calor de su cuerpo. ¡La necesitaba!

No quedaba tiempo y era un enemigo con el que no era posible negociar. Estaba al límite y, haciendo uso de sus habilidades, logró golpear el mentón de su hermana, saltando sobre Chloe y lanzando lejos a las dos sanguijuelas que la desangraban mientras, su cachorra, no dejaba de murmurar, perdida en lo que parecía una peligrosa pesadilla.

»Aguanta, pequeña. Pronto estaremos en casa —la reconfortó, echándosela al hombro y tratando de escapar, momento en el que los cabrones que, entre las sombras, lo esperaban, daban la cara.

—Todavía no. —Parecía un anciano, su sonrisa tranquilizadora era engañosa. Theru, el mismo viejo que se encerró en el ascensor con Chloe, se adelantó lo justo para que pudieran verlo. Disfrutaba del espectáculo, de la escenificación. Sobre todo, cuando otro hombre, exactamente igual que él, apareció a su derecha—. Es demasiado pronto.

Alzó los brazos y las puertas, ventanas y paredes temblaron. Acababa de sellar cualquier posible salida.

»Ha sido entretenido. Temía que no fueras a intervenir, no sería tan divertido tener que seguirte.

—¿Desde cuándo los tuyos interfieren en guerras ajenas? —preguntó Deo, mordiéndose la muñeca y posándola sobre los labios de Chloe que, a pesar de estar fuera de juego, bebió con gula.

—Negocios. Las cosas han cambiado en los últimos tiempos. —Theru llevaba a cabo una lucha contra el tiempo infinita, hecho que a su hermano le costaba aceptar y, sin él, su poder era ridículo. El mayor de los dos se alimentaba de quien, casi nunca, osaba tomar la palabra.

Dimex, se mantenía atrás, cual sombra.

No era necesario que mirase las columnas para ver que la barrera también estaba sobre sus cabezas, a ras del segundo piso. Al menos Ania estaba fuera de peligro.

Marta gemía y se retorcía en una esquina, puede que recordando lo sucedido, los brazos le crecían cual ramas viscosas y el dolor la cegaba. Simón fue el primer obstáculo que el inmortal encontró.

—Si es dinero lo que quieres yo os haré ricos. Levantad la barrera —ordenó molesto, tenso y... ¿feliz? La tenía con él y viva, le gustaba demasiado la sensación. La observó y su corazón se calentó, la deseaba más allá de tomar su cuerpo. Era una emoción profunda que no llegaba a comprender, sin embargo, haría lo que fuera necesario por ella.

Incluso en medio del peligro, le restó un segundo a la muerte para dejar un casto beso en la mejilla, un roce en el que soltó el aire y comprendió que solo Chloe importaba.

La dejó en el suelo, tras él. Flexionó las piernas y Theru se carcajeó. ¿Pelear? El viejo no tenía la intención de moverse, no era necesario.

—¡Despierta! —exigió el brujo. Los párpados de Chloe se alzaron con vida propia—. Necesito que lo veas... —Se pasó la mano por el rostro al tiempo que su piel se fundía y los rasgos que llevaba se deformaban. La piel se movía con vida propia, recolocándose hasta que un joven de no más de treinta años tomó su lugar. Ambos brujos se inclinaron a modo de presentación—. Deo, tú debes morir para evitar futuros enfrentamientos. Es ella el premio gordo.

—No la tocarás...

—No lo comprendes, ¿verdad? —Las manos del brujo se crisparon, tomaron del aire hilos invisibles que solo él veía, de pronto, un golpe de aire lanzó a Simón lejos, impidiendo que interfiriera, reteniéndole ahí—. Odio que me interrumpan. ¿Por dónde iba? Eso. Ella es una aberración de la naturaleza. Creías que lo que la hacía importante era Bix, pero es la sangre de brujo lo que la convierte en una deliciosa presa.

Dimex se fue alejando de su hermano, a ras de la pared. Los movimientos de ambos estaban compenetrados, cual espejo, reproduciendo cada gesto.

»El padre de la primera de las niñas era de los nuestros. La magia recorre sus venas y fue lo que impidió la conversión. El poder que alberga en su interior, incluso tras tantas generaciones, es un tesoro que no podemos pasar por alto.

—No dejaré que la toméis.

—No puedes hacer nada por impedirlo —resolvieron ambos brujos a la vez, logrando que la voz rebotase una y otra vez, creciendo en potencia.

Chloe lo miraba todo cual muñeca vacía, carente de la intención de intervenir, aunque por dentro...

Capítulo 13

Estaba presa en el interior de su mente. Decenas de rostros femeninos la rodeaban, hermosas mujeres, de diversos rasgos, que le gritaban a la vez, impidiendo que lograse comprenderlas.

Se llevó las manos a las orejas, eso no minimizaba el efecto.

«Tranquila. Debes tomar el control», el consejo del colgante fue tomado a rajatabla por Chloe.

—¡Basta!

El silencio se extendió, las damas retrocedieron a la vez, dejándole algo de espacio.

—No puedes dejar que se hagan con tu poder —soltó una de ellas.

—Si lo logran desatarán el caos —comentó otra.

—Si es necesario, has de destruir el medallón.

Chloe pasaba de rostro en rostro, tratando de recordar sus caras, pero los rasgos de todas ellas se mezclaban y las voces eran tan parecidas...

—Lo han intentado en múltiples ocasiones, no serán los primeros ni los últimos —les recordó Margarita, emergiendo entre el resto. Su gesto tranquilo destacaba pues, lejos de preocuparse, la miró con calma y le sonrió con ternura—. El sufrimiento causado es infinito y, sin embargo, logramos sobrevivir.

—¡Es solo una niña! ¡No sabe nada! —gritaron varias.

—Pero no está sola. Siempre nos ha tenido a su lado —comentó Margarita, acercándola y envolviéndola con dulzura—. No temas. Cuidaré de ti —aseguró contra su oído.

—¿He muerto? ¿Es eso? —Se pasó las manos por el cuerpo, buscando heridas.

—Si sigues así seguro —roñó una morena que, con el ceño fruncido y mala cara, la evaluaba con dureza—. ¿Cómo perdonar tantos errores? ¿De verdad era ella la indicada?

—¡Cállate Durza! —Margarita acarició la mejilla de la niña pues, en el fondo, la sentía como si hubiera nacido de sus entrañas. Quiso permanecer a su lado más tiempo, narrarle los secretos de su linaje, las historias que, de otra forma, desaparecerían con ellas. En su lugar se conformó con otro abrazo fuerte y firme, en el que pretendía dejar su fuerza y esperanza—. La sangre que llevas está impregnada de la energía del mundo. Todos creen que lo importante son las palabras usadas, cuando lo que te hace poderosa es ver lo que, para la mayoría, es invisible. Si quieres fuego búscalo, el aire te rodea, el agua forma parte de todos. No debes tener miedo, ni dudar. Seguimos a tu lado.

—No comprendo lo que tratas de decirme…

—Llegado el momento lo sabrás —sostuvo Margarita, repitiendo lo que, en otro tiempo, le dijeron a ella. Solo que en aquella ocasión fue Bix la que llegó a auxiliarla, dejando a su paso un rastro de sangre imborrable—. Nadie sabe lo que es correcto, pero si sigues el dictado de tu corazón no te arrepentirás.

Una voz retumbó en el lugar, pertenecía al exterior. Chloe trató de negarse a despertar, ansiando quedarse en un lugar en el que se sintió querida y apreciada. Margarita la oteaba con amor del de verdad, ese que no tiene condiciones ni busca nada a cambio.

Trató de impedirlo, sin embargo…

Capítulo 14

La noche llegó y Deo seguía congelado. No sería el primero en moverse, vigilando los movimientos del oponente, era lo suficientemente viejo para saber que, incluso la magia, podía ser repelida.

—Ven, niña. Nosotros eliminaremos el dolor, te haremos libre —le ofreció Theru a Chloe que, tras ponerse en pie, dio el primer paso antes de que Deo la retuviera. Solo que no era ella la que le daba las órdenes a su cuerpo, solo una observadora más.

La risa de ambos brujos era fría, carente de vida.

»Nada puedes hacer por evitarlo. Deja de luchar, podrás encontrar a otra que ocupe su lugar. Estamos dispuestos a dejarte marchar.

Deo envolvió la cintura femenina. Sin ella el mundo le importaba una mierda, si se iba se quedaba sin nada por lo que continuar. No la dejaría caer sola, besó su nuca y aspiró ese aroma tan único que llevaba grabado en el interior del corazón.

—Pelea de una vez, cobarde —escupió Deo, despidiéndose al rozar la boca de su cachorra. Dejó que una única lágrima se deslizase por su mejilla, hasta parar en la cálida piel de Chloe—. Encontraré la forma de que puedas salir. Ania, —La llamó sabiendo que no se había alejado—. encuentra la manera de protegerla.

Los ojos plateados de Deo brillaron, se inclinó hacia delante, sus manos rozaron el suelo y todos los músculos de su cuerpo se tensaron. El monstruo que dormitaba en su interior de desperezó, ansioso por la pelea.

Deo notó que una fuerza invisible aferraba sus brazos y tiraba, eso no lo detuvo. A punto estuvo de perderlos, de alguna forma los huesos aguantaron lo suficiente. Cuando creía haber atrapado a Theru y se disponía a cercenarle la cabeza su hermano se interpuso.

La mano de Dimex rozó su pecho y soltó el aire, fue como si un puño candente lo lanzase con la fuerza de mil hombres hacia atrás. Cayó con elegancia a varios metros, aunque tosió durante varios segundos antes de recuperar la sonrisa.

—Eres fuerte —le concedieron ambos brujos, estremeciéndolo ante el poder que intuía cuando las voces se mezclaban, con tanta perfección, que era imposible separarlas—. No lo suficiente.

Tras Dimex, Theru abrió los brazos. Los finos dedos de Theru aferraban hilos invisibles y tiraba de ellos, los trenzó con calma sin que nadie se percatase de que la red estaba lista.

»Diría que lo sentimos por ambos, aunque, no sería cierto. —Como si estuviera arrastrando un gran peso, Theru tiró de esa cuerda que nadie más veía.

Las piernas, los brazos, la cabeza. Deo fue aplastado contra el suelo, inmovilizado por completo. Por más que lo intentaba era incapaz de moverse.

Chloe estaba ahí, oteándolo.

Los ojos del inmortal la buscaron y le sonrió, tranquilizándola. No sufras, logró vocalizar Deo, tratando de protegerla hasta el final.

«¡No!», aullaba por dentro, sin que el cuerpo se moviera. «¡Haz algo, joder!», mas seguía congelada. «No es posible que él haya perdido. Es mentira, mis ojos me engañan, es eso…», rechazaba la realidad pues era demasiado dolorosa.

Sabiéndose vencedor, Theru apoyó la mano en su hermano, tratando de recuperar el aliento. Las fuerzas que antaño fueron esplendorosas, ahora eran pequeños retazos de poder. La inmortalidad tenía un coste demasiado alto y ellos lo pagarían.

Justo cuando la mano de Theru se alzó, Chloe pudo verlo. Apenas una vibración en el aire, un hilo que se balanceaban en todas las direcciones, casi imposible de atrapar. El cabrón cazó uno rojizo tras varios intentos y lo meció, pareciera listo de echar el lazo a una res, solo que sus ojos estaban puestos en el vampiro que Chloe amaba.

¡Lo amaba!

«¡Lo amo!». Movió la mano derecha. «Nuestro amor es fuerte. Está aquí por mí, dispuesto a morir por… ¡mí!» Ahora la izquierda también le pertenecía. Desentumeció cada músculo y, sin más, percibió un ligero ardor en las yemas de los dedos. Agradable, le apeteció rozar esos hilos danzarines, notando el calor ascender.

«Ellos usan la oscuridad, pero la luz también es poderosa», soltó el colgante cuando dos hilos más se acercaron, atraídos por ella.

Los encontró y sintió cantar, melodías hermosas, posibilidades que, sin comprender cómo, se mostraron aceptables. Solo debía ser lo suficientemente valiente para tomarlas.

«Niña, no queda tiempo», le recordó el colgante.

—Mujeres perseguidas por miedo. Niñas que sufren por no tener quiénes las defiendan. Inocentes que han perdido la esperanza o la dejaron atrás, sin comprender que ha estado a su alcance en todo momento. ¡Somos fuertes! —El pelo electrizado de Chloe la rodeó cual manto, sedoso, creó una sombra que enmarcó unos ojos decididos a todo.

—Piensa bien lo que vas a hacer. —De pronto, Theru retrocedía. La precaución no era una de sus cualidades y Chloe no se dejaría engañar de nuevo.

—Usaste la muerte de Gael para engañarme. ¿Lo torturaste?

—Si sirve de algo, aguantó más de lo que creí posible —intervino Simón.

Chloe meció la mano izquierda, dos finos hilos dorados, reptaron cual culebras por el aire. Era un espectáculo hermoso, lento, delicado. Uno de ellos representaba la culpa, el otro la conciencia. Lo envolvieron y comenzaron a penetrar su piel. Puede que las heridas no fueran evidentes, aunque por los alaridos el dolor era atroz. Simón luchó contra sí mismo.

—Y, aun así, demostró ser leal. Aunque, al final no necesitamos entrar en sus sistemas. —Theru se encogió de hombros, tratando de sacarla de quicio para que perdiera la concentración.

¿Dónde estaba Dimex? Girándose, lo encontró a escasos

metros de Deo, que seguía intentando llenar los pulmones. La posición no era cómoda, ni agradable, aunque su hombre podía soportarlo.

—No, no, no... —soltó al tiempo que negaba con el dedo— . ¿Queríais engañarme? —Chloe no pudo evitar imaginarse el quizás, lo que podría haber pasado, dejando que la ira la consumiera. De golpe vencer no era suficiente.

Marta, Gael, Deo y, en otro tiempo, ella misma. Merecían justicia.

Esta vez fue Chloe quien alzó las manos y, lejos de retroceder, con miedo, se dejó abrazar por esos hilos más escurridizos, por los que dejaban pensamientos peligrosos en su cabeza. Temía enloquecer, aunque, de ser necesario, lo aceptaría. Abrazó cuanto era y fue, permitiendo que recuerdos más oscuros llegasen y se fueran.

—¡Mors te amplectitur et te agnoscit (La muerte te abraza y reconoce)! —Ambos brujos cayeron por el peso de sus pecados.

—No lo hagas. Podrías tener cuanto desees. Podemos enseñarte a... —ofreció Theru, notando el paso del tiempo golpearlo. Años y años que, hasta entonces, logró esquivar. Muertes que no se produjeron, enfermedades congeladas hasta entonces que ahora lo rozaban, maldiciéndolo con dolores que lo obligaban a retorcerse.

—Es imposible ofrecer un mundo cuando solo ansío mi pedazo de cielo. —Era una mujer tan perdidamente enamorada de un inmortal que se conformaba con ser correspondida—. Mors dimittit te. (La muerte os despide)

Los dos hombres se vieron reducidos a dos montoncitos de cenizas que, al instante, el viento también había alejado.

Solo que, cuando Chloe quiso correr a él, el cuerpo cayó. No le quedaban fuerzas y trató de arrastrarse para encontrarlo. Fue Deo el que acudió, recogiéndola y acunándola, besando el hermoso rostro de la guerrera que, de alguna forma, se cruzó en el instante que más la necesitaba en su camino.

—Eres la testaruda más bonita que he visto nunca. ¿Por qué lo hiciste? —La regañaba entre caricia y caricia, prestándole su aliento en besos húmedos, mientras ella caía presa de un sueño reconfortante y reparador.

—Hermano... —Ania se inclinó ante él, obviando los alaridos que Simón seguía desperdigando por el lugar—. Lo lamento. No debí...

—No importa.

—Trataba de protegerte. No...

—¡Es mi mujer! La próxima vez que te interpongas entre ambos perderás la cabeza. ¿Ha quedado claro, hermana?

Ania cabeceó aceptándolo, comprendiendo demasiado bien lo que el amor verdadero lograba. Esa unión ancestral que, muy pocos, lograban encontrar. Tomando el cuerpo de Marta saltó lejos, varios inmortales más llegaron poco después a por Simón, Deo no permitió que nadie se acercase a esa hembra humana con corazón de león. Esa sirena capaz de hechizarlo y convertirlo en un imbécil.

»Tendré que darte una buena azotaina... No queremos que vuelvas a ponerte en peligro...

Tardó una semana entera en recuperarse. El hambre era voraz, aunque las horas pasaron rápido entre los brazos de un hombre que encontró sumamente agradable besar cada rincón de su cuerpo. Horas y horas en una cama inmensa que los vio gemir, gritar y suplicar, en ocasiones varias de ellas al mismo tiempo.

—Tengo miedo —reconoció una tarde, poniéndose en pie y, con una fina bata de satén rojo sobre los hombros, caminando hasta la ventana. La luz entraba a raudales, dibujando una figura perfecta que Deo admiró.

—No te dejaré sola. No importa lo que se avecine.

—Temo en lo que me pueda convertir —le echó una mirada de reojo al medallón que, sobre la mesilla, le gritaba para que lo cogiera—. Sé que el poder es un pedazo de quien soy, pero una inmensa parte de esa energía es oscura, adictiva y embriagante. Temo acariciarla demasiado tiempo y no ser capaz de regresar.

—Estaré ahí para recordarte lo que te estarías perdiendo —comentó Deo, corriendo hasta ella y abrazándola por la espalda. Chloe adoraba sentir el pecho, duro y masculino, del inmortal contra ella. Esa prisión de la que no deseaba escapar y, lejos de arrebatarle el aire, le aportaba una seguridad que apreciaba—. Y Marta también. Lleva días preguntando por ti. No puedes evitarla más tiempo.

—¿Qué puedo decirle? Fue culpa mía todo lo que ha pasado. ¿Cómo disculparme por arrebatarle la vida? —giró la cabeza hacia la derecha para esconder una lágrima ácida, envenenada.

—No olvides que te ama tanto como yo. Ella estaba dispuesta a morir antes de hacerte daño. Yo mejor que nadie comprendo la lucha que emprendió para evitar lastimarte. —La obligó a girarse, para perderse en los ojos negros que lo hechizaban—. Ella sabrá comprenderte mejor que tú misma.

—¿Y si me odia? No estoy preparada...

—Lo estás —aseguró antes de añadir—: Pasa.

Se apresuró a cerrar la bata antes de saludar. De pronto, la visión de una Marta hermosa, fuerte y completamente recuperada, fue devastadora. Las lágrimas caían sin control, Chloe temió no ser recibida como antaño y se encogió sobre sí misma.

—¿Cuándo te dejarás de tonterías? —Marta no controlaba todavía su fuerza y menos su velocidad. Estrujó a Chloe sin que ella hiciera amago por apartarse.

Tan pronto lloraba como reía a carcajadas. Deo la observó notando que su humana le estrujaba el corazón sin remedio. ¿Cómo no enamorarse?

—Gael, yo...

—Lo sé.

—Lo siento tanto... Perdóname... —Entre hipidos, devolvió el contacto al envolver el cuello femenino.

—Hermanita, no importa. Pude encontrarte. Solo eso me importa.

Tras esto cierta tranquilidad llegó a la mansión, al menos aparentemente. Si bien el resto del consejo seguía buscando a Alonzo, en especial Lía, Deo y Chloe preferían consumirse en brazos del otro en lugar de gastar las horas en guerras que creían, lograrían esquivar.

Lía ha descubierto que nada es lo que aparenta y Ania no parece contenta con las respuestas que le sonsacó a un Simón cada día más ido.

—Ven, quédate quieto. No puedes moverte —dijo Chloe, poniéndose a horcajadas sobre su inmortal. Se inclinó y mordió, bebiendo cual suculento brebaje.

—Eres cruel... Yo también quiero...

—¡No seas goloso! Me dijiste que me merecía un regalo por mi cumpleaños...

Meses más tarde...

Deo aprovechó que Chloe dormía para encerrarse en la biblioteca y revisar el mensaje. Lo releyó varias veces antes de comprender que no podrían esconderse eternamente de la batalla que se gestaba tras sus puertas.

Aquello que llevamos tanto tiempo buscando ha aparecido. Las respuestas, sobre lo que Briguitte hizo esos dos años, están en nuestro poder.

Unos golpes en la ventana, precediendo la entrada triunfal de su hermana, le dieron tiempo de bloquear la pantalla y sonreír.

—¿Qué sucede? —inquirió ella, recogiéndose el cabello en una coleta alta antes de tomar asiento.

—Lo de siempre. El consejo ve muerte por todas partes.

—¿Por qué tengo la impresión de que me ocultas algo?

«Porque es cierto. Porque, si algún día descubres lo que me vi obligado a hacer, me odiarías y soy demasiado cobarde para dejarte marchar». En su lugar, tomó aire y se acercó a Ania.

—Cuido de mi familia, bichito patoso. —El hecho de que usase su apodo, el mismo que, cuando eran humanos, utilizaba para molestarla, la hizo temblar.

—¿Es grave?

—Siempre lo es. —Se encogió de hombros.

—¿Chloe está bien?

—Sí. Me ama y yo no me canso de repetírselo. Hermosa, fuerte y feliz como nunca antes. Al menos, eso dice. —Cada día a su vera era una delicia. Instantes únicos y maravillosos que le habían mostrado lo mucho que tenía que perder y el porqué no se dejaría vencer, por muchos peligros que aparecieran ante su puerta.

No, el fantasma de Briguitte no regresaría para joderlo todo.

Agradecimientos

Muchas gracias por leer mi libro y por dedicarme vuestro tiempo, muchas gracias por ayudarme a cumplir mi sueño, muchas gracias simplemente por seguir ahí.

Pediros que lo puntuéis para ayudarme a mejorar, pues es una recompensa invaluable que agradezco de corazón.

Facebook: EscritoraARCid

Instagram: a_r_cid

Os espero...

www.ingramcontent.com/pod-product-compliance
Ingram Content Group UK Ltd.
Pitfield, Milton Keynes, MK11 3LW, UK
UKHW021650190726
13853UKWH00001B/179

9 798798 598878